U0589239

世界著名少儿历险故事丛书

险象环生

高 帆 主编

吉林人民出版社

图书在版编目(CIP)数据

险象环生/高帆主编.--长春:吉林人民出版社,
2012.4

(世界著名少儿历险故事丛书)

ISBN 978-7-206-08836-0

Ⅰ.①险… Ⅱ.①高… Ⅲ.①儿童故事—作品集—世界 Ⅳ.①I18

中国版本图书馆CIP数据核字(2012)第 077281 号

险象环生

XIANXIANGHUANSHENG

主　　编:高　帆

责任编辑:张文君　　　　　　　　封面设计:七　洱

吉林人民出版社出版 发行(长春市人民大街7548号　邮政编码:130022)

印　　刷:鸿鹄(唐山)印务有限公司

开　　本:710mm×960mm　　　　　1/16

印　　张:13　　　　　　　字　　数:150千字

标准书号:ISBN 978-7-206-08836-0

版　　次:2012年5月第1版　　　印　　次:2023年6月第3次印刷

定　　价:45.00元

如发现印装质量问题,影响阅读,请与出版社联系调换。

前　言

　　历险故事向来是最受少年儿童喜爱的，尤其是十岁到十三四岁学龄中期的孩子们，对于历险故事简直爱不释手。

　　这是因为，这类故事非常适合这个年龄阶段孩子们的接受心理和审美需求。这些故事的主人公，有的在漫游中不断遇到种种险情、险事，有的在追寻、探求某种神秘人物的过程中历尽艰难险阻，情节曲折惊险，险中有奇，奇中多趣，对小读者具有超乎寻常的吸引力。

　　历险故事主人公的经历，多具有传奇性。奇境奇闻，在孩子们面前展开一个生疏新奇的领域，能够极大地满足这个年龄段的少年儿童普遍具有的好奇心理和求知欲望。茅盾先生早在1935年就曾说："我们应该记好：儿童们是爱'奇异'，爱'热闹'，爱'多变化'，爱'泼剌'，爱'紧张'的；我们按照他们的'脾胃'调制出菜来供给他们，这才能够丰富他们的多方面的知识，这才能够培养他们的文艺的趣味……"

　　历险故事的情节，都是惊险曲折、波澜起伏的，这类作品悬念迭生，扣人心弦，既"热闹"，又"紧张"，小读者读起来津津有味，常常心驰神往，欲罢不能。若论情节本身的吸引力，历险故事是其他任何类型的作品都无法与之相比的。

　　高尔基说过："追求光明的和不平凡的事物是儿童固有的本性。"十多岁的少年儿童，只要心理正常，大多数具有一种积极向上的、向往创造不平凡业绩的荣誉感。这些历险故事里，都洋溢着一种战胜困难、勇敢进取的英雄主义精神。历险主人公，无论是在自觉探险、追寻某种事物的过程中，还是不自觉地在他平常的旅途上，遇到种种艰难、重重险阻时，都表现出一种无畏的勇气，一种"冒险进取之志气"。这种精神，对儿童那"追求光明的和不平凡的事物"的天性，既是一种自然的呼应，又是一种陶冶和激发，显然十分有利于少年儿童的健康成长。苏联教育家苏霍姆林斯基说："克服困难可以使人得到提高。经受过无法忍受的困难，并且克服了这些困难的人，能够以完全不同的方式来观察世界、理解人们。"

这些故事的主人公，在经历了种种艰险之后，总能得到一个好的结果，这也是历险故事的一个共同特点。与历经艰险和磨难紧密相连的是云开雾散，真相大白，脱离险境，喜获成功，主人公的追求总会有一个圆满的结局。读这类故事，小读者自然会从中获得一种成就感，在屏息凝神的紧张之后，从这种传奇故事中获得一种充实的心理满足。

可以肯定地说，历险故事正是广大作家按照儿童的脾胃调制出来的精美的精神食粮。

在世界儿童文学的百花园中，历险故事之多数不胜数，浩如烟海，我们只能选择其中最有名、最具艺术魅力的一部分介绍给大家。这些历险故事原作多为中、长篇，为了让小读者尽量多地领略这一艺术园地的迷人风采，我们采取了对中、长篇进行缩写的方式。缩写的原则是不改原作的思想宗旨、人物性格、故事框架，使读者读此缩写版亦能大体把握原作风貌，同时读起来又不感到空洞、枯燥，即要有较强的可读性。

把一部十几万乃至几十万字的作品，缩写成一万字，要达到上述目标是有一定难度的。缩写，也要求执笔者能进入一种类似创作的状态，对原作既要有理性的把握，也应有一种心领神会的感受，文字既要简练、准确、流畅，又能尽量体现原作的风格，这需要执笔者具备一定的素质和功力。由于原作结构、风格等情况的不同，加之我们的水平毕竟有限，所以，尽管大家都做了努力，但收到的效果仍然有差别，缩写稿显然仍未能尽如人意，我们诚恳地希望得到读者和专家们批评、指教！

为中国的孩子编选外国作家的作品，译者的劳动为我们的缩写提供了方便条件，我们充分尊重翻译家们的劳动，并对他们致以深深的谢意。但还要说明的是，有些篇目参照了不同的译本，有些对原译文字进行了较大改动，为了本书规格统一，缩写稿的原译者就一律未予注明，在这里也一并表示歉意！

缩写稿中，有两篇直接选自张美妮主编的《外国著名历险奇遇童话故事精选》（中国少年儿童出版社），在这里我们向原编者、出版者诚致谢忱！

高　帆

目录
contents

地 心 游 记

〔法国〕儒勒·凡尔纳　原著

一个星期天，1863 年 5 月 24 日，我的叔父黎登布洛克教授急匆匆地跑回到他的小住宅。他把大帽子往桌上一丢，大声喊道："阿克赛，跟我来！"

我的叔父是个真正的学者，虽然脾气很暴烈。他对任何事都不能等待一下，永远急得要命。对于这样一个古怪的人，只有服从命令。于是我就赶快跑到他书房里去了。

当我走进那摆满矿石标本的博物馆似的书房时，叔父正拿着一本书，带着非常欣喜的表情在研究它。"这是斯诺尔·图勒森的笔记，他是 12 世纪的著名冰岛作家。这是统治冰岛的挪威族诸王的编年史，而且是冰岛文的原本，是用卢尼文写成的。据说这种文字是古代天神奥丁创造的呢！这是天神脑子里创造出来的字体！"

正当我佩服得五体投地时，从书里掉出来一张染污的羊皮纸，落到地上。我的叔父立即捡起了它。这纸长五英寸，宽三英寸，上面横行排列着一些看不懂并且像咒语似的字体。

"这是卢尼文，可这些字是什么意思呢？"我这个精通各国语言的叔父竟然也遇到了困难。

　　叔父又开始仔细地研究那本书，在第二页的背面，他发现了一些好像是一块墨水痕迹的污点。借助显微镜，叔父终于认出了那些记号："阿恩·萨克奴姗！"他用胜利的口气喊道："这是16世纪的一位学者，一位著名的炼金术士，他是个冰岛名人！那么，他会不会把某个重大发明藏在这不可理解的密码里呢？"

　　教授的想象力被这个假设激动起来了，他又将注意力转向那张纸。遗憾的是，尽管教授采取了各种方式组合那些字母，但终究什么也没发现。

　　一气之下，教授像一颗子弹似的冲出房门。

　　现在只剩我一个人了，我无意中又拿起那张纸，"这是什么意思呢？"我重复地说着。眼前这132个字母把我闹得头昏脑涨。我陷入一种梦幻状态，我喘不过气来，我需要空气。

　　我机械地拿起这张纸来扇风，这张纸的正面和反面都在我眼前出现。在这急促的动作中，当纸的反面转到我面前的时候，我非常惊讶地看到了一些完全可以辨认的字，我发现了密码的规律了。要念懂这个文件，只需要从后往前念！

　　可是当我念完全文，那结果是多么令人恐怖呀。我决定这决不能让我的叔父知道。像他那样固执的地质学家，知道了这件事，一定会去试一下的。正当我要把这一切都投入炉火中，毁掉这危险的秘密时，叔父回来了。

　　叔父又坐在他的椅子上，开始演算各种类似代数习题的公式。这种状态一直持续到第二天下午，竟然也让我们饿了这么久。我饿得非常难过，我想还是把读文件的钥匙告诉他，也许是我把这张纸的重要性估计得过火了，叔父决不会相信它的。

　　于是在叔父又准备出门时，我叫住了他："如果你从后面念起——"没等我说完，教授就大叫起来，然后从下而上地断断续续地读完了全部文件。这些原始的拉丁文可以译成：

从斯奈弗·姚可的陷口下去，7月以前斯加丹利斯的影子会落在这个陷口上，勇敢的勘探者，你可以由此抵达地心。我已经到过了。阿恩·萨克奴姗。

叔父像触了电一样跳起来。当他神经安静了之后，让我吃完饭给他打行李，也给我自己打。我吓得全身发抖。到地球中心！多么疯狂的想法啊！我一定要设法让叔父放弃这一可怕的念头。

"难道这件事不可能是故弄玄虚吗？姚可、斯奈弗、斯加丹利斯以及夹在其中的7月都是什么意思呢？"

对于我的疑问，叔父立刻给了完满的回答：

"姚可是冰河的意思，冰岛纬度很高，那里的火山爆发大部分发生在冰层中，所以这个岛上的火山都叫作姚可。斯奈弗就是一座有名的死火山，它只在1219年喷过一次火，此后它一直是完全熄灭的。至于后两个嘛，斯奈弗有好几个陷口，在将过7月——即6月底的时候，这座山的一座山峰斯加丹利斯的影子正好是落在一个陷口上，那就是通往地心之路。而且对于地心热的问题，地质学家们也没有定论。它的存在与否我们以后会知道。"

我记得当时我被说服了，但后来热情又减了下去。于是我找到女友格劳班，告诉了她叔父的那个疯狂的计划。出乎意料的是，她竟然是叔父的热情支持者。

还有什么话好说呢？只有准备出发了！

第二天一早，我们就坐火车来到了基尔港。在那儿，我们又换乘爱尔诺拉号汽船开往哥本哈根。

哥本哈根的博物馆馆长汤孙先生为我们找到了一条开往冰岛的商船，一切顺利！但值得一提的是，在哥本哈根，我曾被叔父强迫登上那里一所教堂的尖顶，然后往下看。事实上，这种令人头晕的练习我重复了五天之久。我自己也想不到，对于这种"居高临下"的艺术，后来我居然取得了决定性的进步。

6月2日我们乘船前往冰岛。两天后，我们在雷克雅未克以外的法克萨港口抛锚，受到了市长芬孙先生的热情接待。我们住在弗立特利克孙的家里，他在雷克雅未克学校里教自然科学。

晚餐时的谈话是用冰岛语进行的。当好客的弗立特利克孙先生得知我们要去斯奈弗山进行地质考察时，他热情地为我们介绍了一位向导。

第二天，当我从睡眠中醒来时，我听见叔父正在隔壁房间高谈阔论，我立刻起床连忙也加入他们的谈话。

叔父正在用丹麦话跟一位看来身强力壮的冰岛人谈话。那人举止温柔而沉着，他的性格和叔父大不相同，但彼此却相处得很好。他就是我们的向导汉恩斯·布杰克。

离出发的时间还有48小时，我们开动脑筋带好了路上所需的全部用品：仪器、武器、工具、干粮，还有一个药箱……

16日那天清晨，向导汉恩斯·布杰克带着我们向斯奈弗山脚下的斯丹毕村庄走去。

我们骑着马沿一条靠近海岸的路走着。我们骑在冰岛的小马上迅速前进，经过的村庄实际上已经没有人烟了。到处是一片与周围隔绝了的田野，几所拿木头、泥土和熔岩盖成的农舍。这时候我们还没有看到火山爆发给地面造成的不可思议的可怕形状。

经过几小时的艰难跋涉，我们到达了加丹的奥阿克夹。

当晚，我们在当地的一家茅屋里过了夜。

离开加丹一百米，地的外形开始改变了，它已成为一片沼泽，四周也更荒凉了。

6月19日，我们脚下的熔岩几乎长达一公里，熔岩表面的皱纹好像锚链，到处上升的水蒸气显示了地下的热流。

6月21日，这里的地面显示着离斯奈弗已经不远了，它的花岗石的山根伸出地面，我们已接近火山的巨大的基地。那就是我们要征服的巨人！

斯丹毕是我们旅程的最后阶段。我们在牧师的家里住了下来。汉恩斯雇了三个冰岛人来代替马搬运我们的东西。

这座火山从1229年就已睡着，是不是说它永远不会再醒了呢？假定它醒来的话，我们会怎么样呢？

面对这个严重的问题，教授把我带入一条通向内部的小径，夹道都是火成岩、玄武岩和其他各种火成物质组成的大岩石。我看见到处都有一行行白气从热流中升起，这正说明了此地火山活动的情形。我吓了一大跳。

"你不用担心火山爆炸。快爆炸时，这些烟会加倍活动，然后全部消失。因为被关住的气体一旦失去压力都从陷口逃走了，而不会利用这些裂口。现在的情况刚好与之相反。"

这些理由无可辩驳。第二天我们就离开了牧师的家。

斯奈弗高达五千英尺，从我们的出发点，可以看到它的两个尖峰衬托在灰色的天空里。

我们列成单行前进，要说话简直是不可能的。于是我一面观察，一面想起冰岛的地理史。

这个岛是在一个不太远的时期从水底涌出来的。它最初只是一大片绿石，受中心力的推动而慢慢露出水面。后来内部的岩浆沿岛上的裂缝流出来，使岛的地层大大加厚。漫溢的岩浆冷却后将裂缝封住了，于是内部压力越来越大，里面的岩浆终于有一天冲破地壳而从很多个窟窿中冒出来，形成了火山口。

三小时疲乏的跋涉后，我们开始爬斯奈弗斜坡。那里陡峭而多石。经过一小时的劳动和困难的斗争以后，出乎意料地在我们面前出现了一条梯级似的东西，这是火山爆发时奔流的石子形成的。

沿着这条梯形山路，我们有幸躲过了一场可怕的大风。在晚上11点时，我们终于到达了斯奈弗山顶。

在这海拔五千英尺以上的地方，休息以前还有时间可以看看半夜的太阳在最低点上把它那暗淡的光射到睡着了的岛上。

第二天醒来时，我们几乎被风吹僵了，然而叔父还是带着我们来到陷口处。

斯奈弗的陷口是个倒着的空圆锥，开口处直径长约一英里半，我估计它有两千英尺深。我勉强地跟在他们后面走向去往深渊的路。

中午时分我们到达了。陷口的底部出现了三条小道。叔父仔细研究了它们的位置，终于在西面的一块木板上找到"阿恩·萨克奴姗"的名字。现在路不成问题了。

三个冰岛人被辞退了。我们现在的任务就是等斯加丹利斯的影子。连续几个阴天使叔父暴躁而又无能为力。终于6月28日，天气发生了变化，大量的阳光照耀着陷口的每一个小丘、每一块岩石。

中午，当影子最短时，斯加丹利斯的影子柔和地照耀着中间洞口的边缘。

"那儿！往前走！"叔父大叫起来。

真正的旅程开始了，现在每走一步都会碰到困难。

首先，我们要走过那可怕的无底洞——喷烟口。叔父解开一捆长约四百英尺长的绳子，先放下一半，在一块坚硬而突起的熔岩上绕了一圈，然后再挽个扣子放下另外一半。于是我们每人都能抓住这绳子的一半下降，下去约二百英尺时，便放开一半，抓住另一半，扯开扣子把绳子收回来。

就用这种办法，晚上11点时，我们到达了喷烟口底部。我们大约下降了两千八百英尺。

第二天，叔父将路姆考夫电线接在灯丝上，一道很亮的光照穿了坑道的黑暗。在这种人造的光亮中我们又沿着斜坡走下去，确切地说，是滑下去。

滑下的过程中，我看见熔岩壁上一些结晶体在闪闪发光。叔父说："我们将能见到更好看的东西。"根据温度增加的情况，我算了一下，我们已到了海面以下一万英尺的地方。

翌日，我们来到了坑道尽头，那儿出现了两条既暗又狭的交叉路。究竟走哪一条呢？

叔父指着东面的一条，我们毫不犹豫地走了进去。走了很长时间，熔岩壁的性质改变了，从那些片麻岩、石灰石和页岩看来，我们是处在老留利亚时期，那里还有那个时期遗留下来的植物和兽皮组成的灰土，这些证据足够了。

"现在我们已面临缺水的危险了，叔父。"

"那么，我们一定要实行配给了，阿克赛。"

岩壁的性质又已发生变化，被一种暗淡无光的东西所代替。现在我们是在煤层里穿行了。

星期六下午6点钟，我们到达了一条左右上下都没有开口的死胡同的尽头。

只好回去，"三天以内回到上次那两条路分岔的地方。"叔父说。

水在往回走的第一天就喝光了。

我们忍受着疲乏和干渴的煎熬终于在7月7日，星期二，到达了两条坑道分岔的地方。

我一头栽倒在地，不省人事。叔父将最后一口水给了我。现在我可以说话了。我再一次劝说叔父返回地面，而叔父不为所动。"如果一天以后还找不到水，我起誓一定回到地面上去。"

好吧！

我们又开始下降了——这次是从新的坑道下去。现在已是8点钟了，还是没有水。我再一次昏厥过去。

当我醒来时，看见那个冰岛人拿着一盏灯，走掉了。他想做什么呢？

大约一小时后，汉恩斯回来了。他摇醒叔父，用我听不懂的语言说着什么，我立刻猜到了他的意思。"水！水！"我拍着手，像个疯人似的指手画脚。

我们随着汉恩斯向下走去，一小时以后，开始听到了水的轰隆声。汉恩斯将耳朵贴在岩壁上，找出声音最响的地方，然后他举起镐，镇静而缓慢地不断向岩石凿去，劈开了一条大约六英寸阔的小缝。这项工作花了一小时多，终于一阵嘶嘶声音过后，裂口中喷出一股水。

水是滚烫的！但它会冷却下来的。

不久以后，我们尝到了第一口。

第二天我们已经忘记了过去的困苦。这一段的旅程还算顺利，那柔和而又温暖的小溪一直伴着我们。

7月15日，我们已在地下21英里处了，根据叔父的计算我们已平行地走出150英里。再用罗盘和地图的比例测量一下，那么显然我们正在海的下面。

7月18日，我们到达了一个很大的洞窟，叔父决定第二天是休息的日子。

这一天的时间几乎都在计算和谈话中度过。

此后半个月，没有什么值得记录下来的事发生，可就在8月7日，发生了一件我永远也不会忘记的事。

那天，我们已到了地下90英里的地方。下面的斜坡相当缓和。我走在前面，提着一盏路姆考夫灯，检查着花岗石的性质。我正要转身的时候，忽然发现只剩了我一个人。

我想沿着小溪往上走，一定会找到他们的。于是我蹲下身来，想把头伸进小溪洗一下。可是我恐怖地发现，我的脚下并没有水，有的只是干沙土。

我无法描写我的失望，我恐怖地叫喊着叔父，并往回走着。当一道无法越过的岩壁出现在我面前时，我彻底绝望了。而且我的灯已经摔坏了，四周变得漆黑一片。我发疯似的跑着，直到像死人似的倒在地上，失去了知觉！

当我恢复了知觉，感到浑身疼痛难忍时，我忽然听到一个很响的声音在耳边掠过。我马上贴近岩壁，啊，我听到了低低的说话声，其中还有我的名字。

这声音一定是从坑道本身传过来的——大概是某种特别的传音的效果。于是我站在岩壁旁边，尽可能清楚地叫道："黎登布洛克叔叔！"我知道只要我沿着坑道说话，它就会像铁丝传电那样把我的声音传过去。

果然，几秒钟后，我听到了叔父的回答。

我们用表测了一下声音传播的时间，从而可以算出我们之间的距离大约是四英里。可是我要上去还是下去？叔叔让我往下去，并且鼓励我说："振作起来！你一定要站起来走，必要时拖着脚走，从比较陡峭的斜坡上冲下来，不要因为你要走到最后才找到我们而害怕。走吧，孩子，走！"

这几句话使我振作起来。我拖着步子走，或者沿坑道滑下去，最后发现自己以可怕的速度前进着。忽然，我脚下的地裂开了，我从笔直的坑道里跌下去，头撞在岩石上，昏了过去。

当我苏醒的时候，叔父正注视着我的脸。啊！我得救了！

我是不是做梦呢？我似乎听到了风声和波浪澎湃的声音，我究竟是在哪儿？

我的好奇心促使我披上毯子，走出洞穴。

"海！"我又惊又喜地喊道。

"是的，黎登布洛克海，我已经以我的名字来给它命名了！"叔父说道。

这是一片真正的海，一望无际，而且有一种奇特的光照亮了这足以容纳一个海的大山洞，我们头顶至少在两英里的高度还有面积很大的云。我不知道地质学上有什么原理可以解释这个现象的存在，但我确实在海岸上发现了世界上第二时期——过渡期——的植物。那里有高达三四十英尺的白蘑菇林，那蘑菇头部的直径也有三四十英尺。还有我们认为是比较低贱的高达一百英尺的石松植物，以及其他巨大的树木，竟然还发现了珍贵的乳齿象的下颚骨。这一切都太神奇了！

第二天醒来，我完全恢复了健康。现在我们已经在地下深150英里的地方了。为了渡海，汉恩斯正在用一些松树、铁杉和各种北方树木的化石木做木筏。

第二天傍晚，我们的化石木木筏完成了。

8月13日，我们将行李、粮食、仪器、试器和大量新鲜的水都放在木筏上，然后张帆离开了格劳班港。这是我用我心爱的姑娘的名字命名的小港。

风从东北方吹来，推动着帆，使我们行驶很快。海上生长着大团大团的海草，有的海草长达三四千英尺长，像一条巨蟒。

8月14日中午，汉恩斯把一块肉作鱼饵，两小时后，他钓上来一条早已灭绝了族类的鱼。这些地下鱼不但瞎眼，而且根本就没有视觉器官。

这以后，我们又钓到了大批不知名的早已绝种了的鱼，这很有利于我们食物的补给。

面对这一切，我的幻想开始把我带到了古生物学的奇妙境界，我沉迷在白日梦里。

8月16日，一切如故。叔父为了测量水深，用一千二百英尺长的绳子系住了一把沉重的镐放进水里，碰不到底。当镐被拉上来时，我惊奇地发现镐的两侧仿佛被两块硬东西夹过似的，那是牙印！这是不是往昔的巨兽？

这一发现使我不由自主地想到了侏罗纪动物的特点，它们的结构和体力是多么巨大啊！我恐惧地看着，我真怕从海里窜出一条侏罗纪的巨兽来。

8月18日夜，我突然被一种巨大的震动惊醒了。木筏被一种无法形容的力量从水面上顶起来，并给推到一百多英尺以外。我们发现在五百英尺开外的地方，有两条巨兽在争斗。其中一条是有着海豚的鼻子、蜥蜴的脑袋、鳄鱼的牙齿的鱼龙，另一条是它的死敌蛇头龙，蛇头龙尾巴很短，四肢像桨，身上盖满了鳞壳，可以伸缩的头颈在水面上一抬起就是30英尺。

巨兽彼此缠在一起，不知过了多久，忽然鱼龙不见了，只剩下长蛇在平稳的波浪上躺着。

很幸运，大风把我们很快地吹离了战场，我们的航行又变得单调乏味了。

8月20日，我们发现了一座火山岛，岛上有个很大的喷泉，从远处看我竟把这岛看成了海兽。教授以他侄子的名字给它命名。现在我们已经离开冰岛一千八百六十英里，在英国下面。

8月21日，天气起了变化。大气里显然充满了电，我们的头发像过了电一样立了起来。积在一起的水蒸气凝结成冰，从云层尽头吹来的风在狂吹着，黑暗不断增加，大雨形成一道咆哮着的大瀑布，我们的耳朵几乎被雷声震聋了。

整整三天，我们没法交谈一句话。这天中午，忽然一个火红的球出现在木筏附近，它到处飘荡，仪器、工具和枪都摇撼着并发出当啷当啷的声音，我鞋底的钉子牢牢地吸住了绑在木头上的铁板。我明白了，是这个带电的球已经吸住了所有的铁器。

突然，这个球变成无数道喷向天空的火光！现在一切都完了。我们在往哪儿去？

我晕沉沉的，我们还在海上吗？……

又听到新的声音——什么东西在冲击着岩石！……

我们触礁的时候发生了什么，我不知道。只觉得我已经掉到了海里，是汉恩斯救了我。

第二天，暴风雨的痕迹已经全部消灭了。我们现在是在哪儿呢？教授走到岩石旁边，拿出罗盘把它放平了，然后观察着指针，它先摇动了几下，接着由于磁力的影响便就位了。

"怎么回事？"叔父惊叫道。我们又回到了我们刚才离开的海岸，风一定已经变过，而我们没注意到。

我简直不能描写黎登布洛克教授的一系列感情——惊奇、怀疑，最后是生气。

我们毫无办法，只好再次出海。但在这之前，我们先把我们所处的新环境勘探了一番。

在那儿我们发现了多少无价之宝呀！包括无防兽、奇物兽、乳齿象、原猿、翼手龙，这些宝贝全部堆在那里，任人欣赏。

"阿克赛！阿克赛！一个人头！"叔父喊道。

这是一个保存得很好的人的身体，它那摊开着的像羊皮的皮肤、盖满肌肉的四肢以及显然很完整的牙齿、大堆头发、手指和脚趾上长长的指甲，都像一个活生生的人展示在我们的眼前。

面对这个第四纪人的完整标本，叔父仿佛又成了教授，开始了他滔滔不绝的演讲。他以无可辩驳的论据证明了这是一副与古代巨象同时代的人的化石，因此可以断定人类在极古的时候就存在了。

我被叔父的演讲所折服，但有个问题我们不能解决：这些人和动物是死了以后才由于地震而陷到这儿的呢，还是他们原本就生活在这里？

由于急切的好奇心，我们又在这些尸骨上走了半小时。这时，我们见到一片大森林，那里显示了第三纪植物的洋洋大观。

我们冒险走进这巨大的丛林。忽然，我看见有一群活的乳齿象在移动，离它们四分之一英里处，有一个比野兽更大的巨人。他身高20多英尺，那和水牛头一样大的脑袋，一半藏在他那蓬乱的头发里——名副其实的鬃毛，和古代大象的鬃毛一样。他手里挥舞着一根巨大的树枝，看守着那大群的乳齿象。

我们吓得转身立刻逃掉。我敢断定，它一定是个猿，绝对不是一个人！这里从不会有人！

现在我们又走在一片从未到过的土地上了。在一片沙地上，我发现了一把刀口已经生锈的匕首，准有一个人比我们先来过这里！

抱着极大的兴趣，我们检查着高山，寻找可以通向坑道的裂罅。终于在一块花岗石板上发现了两个神秘的字母："A．S."叔父喊道，"阿恩·萨克奴姗！"

感谢上帝！是暴风雨又给我们指出了正确的道路。

我们重新跳上木筏，驶向萨克奴姗海角。不到三小时，木筏靠岸了，坑道的开口就在20码以外，但一块巨石挡住了我们的去路。

我们决定要将它炸掉！

第二天，8月7日，我们装好炸药。我把引火线放进灯火，见到它开始发出噼噼啪啪的声音，就转身跑回海岸，上了木筏。

我想我并没听到爆炸声，然而岩石的形状忽然发生了变化。我看到一个深不可测的无底洞，穿过海岸一直往下。海水像洪流一样注了下去，并且把我们一齐带走。我感到我们正在以极快的速度下降，一直持续了好几个小时。这期间我们的行李大都丢失了，仪器中只剩了罗盘和时辰表，镐一把也没留下，最糟的是食物只剩下一块干肉和几片饼干。

　　当我感到一下震动，下坠停止了。一大股水侵上了木筏表面。我想这是晚上10点钟，汉恩斯点燃了火炬。叔父说："我们正在上升！我们是在一口直径不过20英尺的狭窄的井里。水冲到洞底以后，重新上升了，要上升到它的水平线高度，我们就被它一起带上来了。我们上升的速度很快。

　　"可是假使这口井的一头是塞住的，倘若在水的压力下，空气越来越被压缩，我们就要被压死了！"

　　"是的。我们随时有死亡的可能，但也随时有活命的可能。所以我们要准备好，以便利用一切逃命的机会。"教授十分镇静地回答。

　　为保存体力，我们只好吃掉了仅有的一块干肉和几块饼干。

　　我们不断地升高，温度也不断上升。这时我发现了一些奇特的现象。

　　"叔叔！你看这摇撼的岩壁、火烫的温度、沸腾的水、一层层的水汽、奇怪的乱转的罗盘针——这些全都是地震的象征！"

　　"不是地震，是爆炸，阿克赛！"

　　他说的没错。我们被爆炸性的震动掀了起来，木筏下面是沸腾的水，水下面是一片包括岩石的熔岩，那些岩石从陷口里喷出来的时候，就向各个方面飞迸。所以无疑我们是在一座正在大力活动的火山的喷口旁边。

　　拂晓时分，我们上升得更快了，温度仍在上升。这时水已经不见了，它让位给重而沸腾的岩浆。温度高得使人受不了，温度计上一定已达到70摄氏度了！我们简直快要窒息了。

　　早晨快8点钟的时候，我们忽然停止上升，木筏一动也不动地停住了。"不到10分钟它又要出发了，"叔父看看时间说："这是一个间歇火山。"

　　没有什么比这更准确的了。这样的情况发生了多少次，我说不上来，我只模糊地感觉到连续不断的爆炸、地的震动、以及传到木筏上的涡流的摇摆。在那如雨的岩烬里，木筏被咆哮的火焰包围着，随着熔岩浆的波浪而升降。来自大浪的一阵风吹起了这地下的火……

当我重新张开眼的时候，我感到向导的强壮的手抓住了我的腰带，他的另一只手拉住了叔父。我发现自己躺在离峭壁只有几步路的山坡上。当我由陷口的外坡滚下去的时候，汉恩斯把我从死亡中救了出来。

"我们在哪儿？"叔父问。他由于回到了地面而显出十分烦恼的样子。

我们头上不超过五百英尺的地方，就是火山的陷口。每隔10分钟，随着很响的爆炸，陷口就喷出一排高高的火焰，夹杂着浮石、灰烬和熔岩。山脚则隐藏在一片规则的绿色树林里，从绿色树林中我看出了橄榄、无花果和结满熟葡萄的葡萄树。这一定不是冰岛！

不管怎样，我们要先躲开那一条条凶猛如蟒蛇般的熔岩流。我们溜进岩烬潭，开始向山脚下走去。

两小时以后，我们走进了那片美好的绿树林。我们把那些可口的水果放到嘴里，多么愉快的事啊！我们把脸和手浸在新鲜的水里面，真是心旷神怡。

当我们享受着休息的各种欢乐时，一个小孩在两丛橄榄树中间出现了。汉恩斯一把抓住他，叔父尽量哄他，并用德语跟他说话：

"这座山叫什么名字？小朋友。"

这孩子没有回答。

然后叔父又用英语、法语甚至意大利语问话，那孩子还是什么也没有说。

"这孩子真讨厌！你回答不回答！"叔父叫着，他生气地拉着这淘气孩子的耳朵左右摆动，"这个岛叫什么名字？"

"斯特隆博利。"这位小乡下人回答，并跳起来逃走了。

我们不再想他。斯特隆博利！这意料不到的名字给我的想象带来了什么样的后果啊！我们正在地中海中间，东面那些蓝色的山就是卡拉布利亚山！南面远处的火山就是大而可怕的埃特纳！哦，什么样的旅行啊！多么了不起的旅行啊！我们从一个火山里面进去，又以另外一个火山里出来，而它们之间相距四千英里！我们把终年积雪的地方换成了常绿区域，并且把寒冷的北方的灰雾换成了西西里的蔚蓝的天空！

可是罗盘——它的确指着北方！这怎么解释呢？

斯特隆博利的渔民们，以他们经常对船只失事的难民的友善接待了我们，并且给我们衣服和食物。等了48小时以后，我们终于踏上了归途。9月9日傍晚，我们抵达了汉堡。

我不想描写女仆马尔塔的惊讶和格劳班的欢乐。

这时候叔父已经成为伟大的人物，他把萨克奴姗的文件存进了城市档案局，而且终身享受着他所得到的一切荣誉。

我的这本《地心游记》也大大轰动了全世界。它被译成各种语言，相信者和怀疑者分别以同等坚定的理论来攻击它和维护它。

在这中间让叔父感到真正遗憾的是，汉恩斯不管叔父如何恳求，离开了汉堡。他得了思乡病。然而我们都对他恋恋不舍，我会永远记得他的，而且我还希望在我死以前能再见到他。

美中不足的还有一件事，这就是罗盘的无法解释的行为，它对于叔父这样的科学家来说，简直就是对心灵的一种折磨。

然而有一天，我在他的书房里整理一大堆矿物标本时，又看到了这只赫赫有名的罗盘，便动手检查它。

忽然间，我惊叫一声，"罗盘的指针把北指成了南！它的两极正好换了个儿！"

叔父把它和别的罗盘比较了一下，忽然狂跳起来，"所以，我们到达萨克奴姗海角以后，这只讨厌的罗盘针把北指成了南？"他喊道。

"显然如此。理由很简单。黎登布洛克海上发生风暴的时候，那团火球磁化了木筏上的铁，同样也捉弄了我们的罗盘！"

"啊！"教授叫道，他忽然大笑起来，"原来就是电玩弄的鬼把戏！"

从那天起叔父成了最快乐的科学家，我也由于和可爱的格劳班结了婚而成为最快乐的人了。

（艾力　缩写）

荒岛奇遇

〔法国〕儒勒·凡尔纳　原著

1860年2—3月间。南太平洋。

一个黑沉沉的夜晚，在巨浪翻腾的茫茫大海之中，一只帆船被风暴抛上抛下，颠簸不定，风帆已破，桅杆已断，危在旦夕……

这艘叫"思劳基"号，只有一百吨位的小船，在漂离新西兰海岸不远，船名标牌就被撞进大海，只是船身没有损坏。它顺着风浪，在横贯两千海里的浩瀚无边的太平洋上，向着南美洲海岸漂去。

船上只有15名少年：布里昂（13岁）和杰克这对法国兄弟，美国少年戈顿（14岁），其余的都是新西兰孩子，他们是杜尼凡（13岁）、库洛斯（13岁）、巴库思塔（13岁）、维布（12岁）、威尔科库斯（12岁）、卡内特（12岁）、沙毕斯（12岁）、杰克斯（9岁）、爱巴森（9岁）、科斯塔（8岁）、多尔（8岁）以及见习水手摩克（12岁）。

船上怎么只有这些孩子呀？怎么连一个大人也没有？原来，在新西兰奥克兰城的切尔曼英国人寄宿学校，暑假来临，家长和老师依据孩子们的愿望，制订了沿着新西兰海岸航行一周的计划，预定在海上航行六个星期，计划2月15日出发。一切准备就绪，14日晚，孩子们都上了船，船员们都到海港酒店喝酒去了。而后的事情就是个谜了，系船的缆绳不知怎么的被松开了，而船上正在熟睡的少年却毫无察觉！

海港被黑沉沉的夜幕笼罩着。从陆地上吹来的风渐渐增强，"思劳基"船慢慢地被推向退落的潮水中，很快就漂流到离新西兰数英里远的海域去了。

当孩子们发觉时，一切都已经晚了。在险境里，他们一心只想着：无论搁浅也好，触礁也好，小船被惊涛骇浪击碎也好，只要见到海岸，便会得救。他们在努力搜寻着。

孩子们勇敢地与狂风巨浪搏斗着，一天一天地坚持着。

暴风变本加厉地凶猛起来，船帆被刮得破烂，桅杆乔断。尽管小船几乎只剩下光秃秃的船体，但它却能充分利用风力，像鱼雷艇般地快速向前驶去。

大约一个小时之后，船上又一次响起船帆被撕裂的声音。船帆变成碎片，向空中飘散。

忽然，一个滔天巨浪劈头盖脸地砸了下来，布里昂、杜尼凡、戈顿这几个站在第一线的"勇士"险些被海浪冲走，他们死死地把住舱门，好容易才站稳脚跟。

海浪退走了，布里昂恢复了镇定，发现摩克不见了。

"救救我！救救我呀！"摩克在船头方向呼喊着，布里昂向船头爬去。可是那声音又消失了。莫非摩克被海浪卷走了?! 布里昂拼命爬向船头，发现摩克被夹在船头舷壁的狭窄的空隙里，帆绳紧紧地缠在他的脖子上，越挣扎越紧。布里昂立刻取出刀子，吃力地割断了帆绳。摩克得救了。

船继续漂泊，孩子们继续与风浪搏斗。就这样，不知熬过了多少个日夜。

"陆地！"布里昂兴奋地喊道。

孩子们惊喜地发现，前方五六英里远的地方果然有一块平坦的陆地。小船向陆地漂去。临近海岸，已是巨浪滔天，小船随时都有触礁的危险。

幸运的是，两个高出礁石很多的大浪以排山倒海之势把船抛向了浪峰，小船被冲上了海滨沙滩。船底牢牢地落在了坚实的陆地上。波涛退走之后，沙滩显露在他们脚下了！

经过20几天的漂泊，濒临破碎的"思劳基"号终于停靠在了一块不知名的陆地边缘。

那么，孩子们的命运到底如何了呢？远离这块陆地的孩子们的亲人们做了种种猜测。就在2月14日夜晚，"思劳基"号失踪的消息传到了船长和孩子们的亲人耳朵里。整个奥克兰都陷入一片惊恐之中。人们认为船肯定没有远离海湾。于是两条蒸汽船在数英里的洋面周围进行搜索，然而人们彻底绝望了，非但没有发现"思劳基"号，还在海上打捞到"思劳基"船名标牌的碎片，人们认为小船与孩子们定然是被海浪打得七零八散、沉没无疑了。

可是，孩子们却正在遥远的洋面上挣扎，在3月10日到达了这片海滩。

孩子们既感到兴奋，又感到茫然。兴奋的是，他们摆脱了狂风巨浪的吞噬，每个人都从海里拣了一条生命；茫然的是，现在他们该怎样生存呢？他们所到达的这片陆地是大陆还是孤岛呢？在这里能否有救助他们的人呢？……

于是，孩子们稍稍安顿下来之后，他们决定探险，要弄明白这究竟是怎样的一个地方。

沙滩上没有人的足迹，只有海浪退走后留下来的海藻类生物。远处林木葱茏，有小河从树林中流出，蜿蜒至海。小河两岸，有低矮的悬崖，峻峭挺拔。林间落叶堆积，以此可知，这里的冬天异常寒冷，根本不像是新西兰一样的热带地区。

在没有弄清这片陆地之前，特别是在没有找到良好的居住地时，孩子们只好暂时住在残损的船上。幸好船上剩下的食物很多，足够他们食用两个月，食具、被褥、武器、工具等各种用品还很齐全。荒岛上的猎物也很多，孩子们经常弄来很多吃的东西，这样就能节省下来船上的食物，以备急需。小一点的孩子都还欢快，只是小杰克很少言语，总是忧心忡忡的，以前的顽皮机警不见了，总寻机为大家做事，脏活累活抢着干，好像欠大家什么似的，这一点很令哥哥布里昂纳闷。大一点的孩子一边照料小孩，一边到远处探险，大家生活得还算可以，只是杜尼凡和布里昂常常发生争执，并且有时还很激烈，这一点很让大家忧虑不安。

孩子们在狂风怒吼中度过了许多日夜，4月1日，天气明显好转，布里昂、杜尼凡、威尔科库斯和沙毕斯四个人带上猎狗"胡安"又向东探险，留下戈顿照顾小孩子，管理这个"家"。

四个探险者在丛林中艰难地行进，翻悬崖，蹚小河，行了一整天。第二天早晨他们醒来，惊奇地发现不远处有一个久无人住的小窝棚。他们实在弄不清楚，这里为什么有个小窝棚，也许很久以前有人居住吧。

他们继续前行，接近中午，他们走到了陆地的尽头，大海广阔无边，一望无际。这个结果，和他们前两次探险的结果一样。由此证明，这是一片孤岛无疑！

他们失望了，甚至有一瞬间，达到了绝望，但他们马上又振作起来，无论如何，要生存下去。

当他们要返回驻地时，看见"胡安"竟然在喝海水。孩子们品尝了一下海水，发现这竟是淡水。这里是一个淡水湖泊！

孩子们又有了一线希望。然而这是相当大的湖泊，他们借助仅存的一个小救生艇是怎么也划不多远的。"思劳基"号已经成为一堆连挡风避雨都困难的废铁，根本不能航行了。

四个孩子沿着河流往回走。又一个夜晚过去了，第二天上午，他们发现了一块船头板！旁边的树上刻着这样的文字和年号：FB1807。还没来得及细细研究，猎狗"胡安"就又带领他们向前跑去。忽然"胡安"在前面慌乱地狂吠起来。

"大家注意!"布里昂说:"彼此靠拢! 小心!"

四个人把子弹推上膛,紧握手枪,随时准备射击。少年们步步向前逼近。走了大约20多步,他们在地上拣到一个锈迹斑斑的鹤嘴镐,又在前面发现一块杂乱的田埂和任其荒芜的山芋地。他们跟着狗继续向前走,在前面石崖下的一堆浓密的树丛停下。布里昂拨开灌木,出现在他面前的是一个山洞!

少年们静静地听了一会儿,没有可疑的声音。于是他们点燃火把,小心地向洞里摸索。洞里有充足的氧气,火把能够旺盛地燃烧。

这个山洞口很小,里面却很宽阔。从山洞里原始性的摆设可以断定,这里以前住过人! 一点不错,他们走出山洞时,在不远处的一棵树下,果然发现一堆零散的尸骨。这也许就是曾在这里居住过的那个人的遗骸吧。

但死者是谁呢? 孩子们有一连串解不开的疑问。于是孩子们对山洞进行了详细的调查。洞内有几件粗陋的生活用品以及狩猎用具,还有一块银制的手表,表针停在3点27分上。表的背面有一行字:"圣·马洛市德尔布修"——这是制造人的住址和名字。孩子们在一个破木床上又发现了一个写满铅笔字的发黄笔记本,大部分字已无法辨认,但有的地方仍然可以猜读出来。其中,可以认出"佛朗萨·波多旺"的字样,开头部分还记载着日期,这正与刻在树上的"FB1807"不谋而合。由此推断,佛朗萨·波多旺是53年以前来到这个荒岛的。而后,他便失去了救援,或许是由于他遇到了无法克服的艰难险阻吧。少年们越来越深刻地意识到自己的厄运,哪怕是久经磨难的成年船员,也会精疲力竭无法冲出樊牢,何况是一群少年呢? 不仅如此,根据最后找到的波多旺绘制的该岛的地图,孩子们已经明白为逃离该岛而进行的任何尝试都只是泡影了。

四少年启程返回。入夜,思劳基湾(孩子们给船停泊的地方起了名字。)发出了信号弹,为探险几日未归的伙伴们指示方向。四少年顺利地和伙伴们团聚了。

船上的日历一天一页地翻着，时下已是4月5日，南半球的冬季已经迫近，"思劳基"上无法再住下去了。于是大家商议决定把"家"迁到山洞里去。

孩子们把船上能卸下的东西全都搬到了岸边临时搭起的帐篷，海滩上只剩下"思劳基"号的骨架了。到4月20日夜晚，繁重的拆卸工作总算结束了。

又用了十几天，孩子们造了一个很结实的大木筏，沿着河流经过两天的顺水漂泊，终于到达了山洞。为纪念那个遇难的法国人，孩子们把它命名为"法国人山洞"。

孩子们把山洞修整得焕然一新，并且挖隧道，扩大厅，整个山洞俨然就是一处很好的居室。他们可以"舒服"地过冬天了。他们有了"温暖"的家，心情也好多了。

孩子们为岛上的主要地方都起了名字，把那条河流叫"西兰河"，悬崖叫"奥克兰岗"，把山洞前的宽阔场地叫"体育场"，还有什么"家庭湖""南海角""北海角""难船海岸"，并且为整个孤岛也起了名字，叫切尔曼岛——和他们的学校一样的名字。

孩子们又异想天开地选了"总统"，成熟老练的戈顿当选为这个小天地——切尔曼岛的第一任总统。

孩子们在戈顿的"统帅"下，艰难而愉快地度过了将近一年。一年里，孩子们的生活还是丰富多彩的，只是杜尼凡和布里昂还是经常发生争执，在1861年4月25日两个人的分歧终于达到了白热化。

这一天下午，杜尼凡、库洛斯、维布、威尔科库斯一组四人和布里昂、巴库思塔、卡内特、沙毕斯一组四人进行套环比赛。比分追到六平，还剩下最后一环了。杜尼凡没有投中。轮到布里昂了，他默默不语，他想为了本组集体的荣誉，他必须投中！他站在规定的位置上，灵巧地把铁环投了出去。铁环套中了，七分！布里昂一组欢呼起来。就在这时，杜尼凡猛冲过来，对布里昂说："不行，这不算赢！你耍赖了，你的脚有一点过线。"布里昂反驳说；"你在撒谎！沙子上还有脚印呢。"

两个人争执不下。杜尼凡脱去上衣，挽起袖子，把手帕包在拳头上，摆出一副拳击手的姿势。

布里昂恢复了镇静，他没有动，他不爱做不团结的事。但在杜尼凡的一再挑衅之下，布里昂终于挽起衣袖，愤愤地向杜尼凡逼近。

这时，戈顿得到报信，匆匆赶来，他费了好大劲儿，才和大家一起把这场"战争"制止住了。

然而，这种不和一直威胁着小岛的和平。终于在6月10日的"总统换届选举"，布里昂以绝对优势当选后，杜尼凡他们暗里决定出走。

这个冬天在互相僵持的气氛中过去了。10月9日，杜尼凡向大家摊了牌，他们四个人要离开法国人山洞，一切挽留都是不起作用的。次日拂晓，杜尼凡、库洛斯、维布和威尔科库斯四个人告别了无论发生什么事都不该离开的伙伴们。大家都很难过，包括杜尼凡四人在内，心里也都挺不是滋味的。

经过四天的跋涉，他们到达了孤岛东部的海湾。

15日傍晚，海风骤起，海浪奔涌。四少年正沿着海滩向前吃力地行进，打算考察这一区域。孩子们惊奇地发现，沙滩上有一只船翻扣在退潮时留下的海草旁边！在离船几步远的地方，倒卧着两个人！

孩子们被吓坏了，连忙躲进树林藏了起来，根本没有想到要是那两个人还活着，就必须对他们进行救护。他们战战兢兢，对那艘船和两具天外来"尸"进行了种种猜测，整夜都没睡好觉。终于捱到了黎明，风暴已经停息了。四个少年打算去把沙滩上的两个人掩埋起来，然而当他们走到海滩的时候；尸体不见了！莫非被海浪冲走了！他们来到翻扣的小船旁，那是一艘舰载小艇，已经被撞坏，船上空空如也。船尾写有它的母船和母港的名字：塞班号——旧金山。这里有令四少年解不开的疑团。

自从杜尼凡四人离开法国人山洞，山洞里的孩子一下子寂寞起来，特别是布里昂，为关系破裂而倍觉痛苦，但他不觉得自己做错了什么，他也期望杜尼凡他们在战胜不了险恶环境的情况下，能够归来。

10月17日，布里昂他们把费了很长时间才做成的很大很牢固的风筝，用很长很结实的绳子拴住，打算放到一千英尺的高空去，以便海上航行的船只在很远也能看到。他们一直也没有放弃被救援的希望。

万事俱备，风筝就要放飞，就在这时，猎狗"胡安"在森林那边很奇异地叫起来。大家停止放风筝，带上枪支，向狗叫的地方寻去。

发现一个女人倒在一棵树下！

那女人40多岁的样子，衣服还不算破烂。已经气息奄奄。

在孩子们的救助下，这个神秘的女人得救了，她向孩子们讲述了她的遭遇：

她是纽约的绅士蓬菲尔德家的女佣，大家都叫她戈特。一个月前，蓬菲尔德夫妇带上她乘坐"塞班号"从旧金山到智利探亲。然而雇佣的八名船员竟是一伙海盗！在他们的头子渥尔斯顿的指挥下，布胡特、路克、赫恩电、布克、弗布斯、克蒲、派克这些强盗杀害了船长和蓬菲尔德夫妇，抢劫了这条豪华的船，准备到南美从事贩奴勾当。

船上乘客只有戈特和航海中不可缺少的30岁上下的机械师依邦斯幸存下来。他俩是由海盗弗布斯求情免遭杀害的。

几天以后，船上起了大火。人们不得不乘上小艇弃船而逃。然而海上起了风暴，15日傍晚小船被冲到这个孤岛。船搁浅时被岩石撞坏，不能再航行了。小艇被冲上沙滩的一刹那，有五名海盗被卷进大海，剩下两个则和船一起被抛到了沙滩上。戈特隔着船，被抛到与这两个人相反的方向。

当戈特苏醒过来时，听到渥尔斯顿他们在谈话，原来他们并没被淹死，而是顺着巨浪游到了岸上，海盗没有发现戈特，他们以为戈特被淹死了。等到海盗们押着依邦斯——他们认为依邦斯对他们还有用处，带好枪和不多的子弹，以及极少的食物走远之后，戈特摸黑逃走了。她靠野生树果充饥，才勉强维持住生命，于17号终于昏迷在了法国人山洞旁边的树林里。

以上便是戈特阿姨的遭遇，也是一个关于海盗的故事。这是一起非同小可事件。杀人不眨眼的恶魔登上了孩子们迄今为止一直安全生活着的切尔曼岛。孩子们随时都有被袭击的可能。

布里昂一边听着，一边思考着。他忽然想到了杜尼凡他们，为出走的四个伙伴担心起来。布里昂决定去救助杜尼凡他们。

黄昏以前，山洞紧关大门，大家都待在大厅里，戈特阿姨认真地听了少年们讲述的冒险历程。

8点钟，布里昂和摩克带上口粮、手枪、短刀，登上小船，消失在漆黑的夜色中，去寻找四位伙伴。

10点半钟左右，布里昂看到河岸上有一缕轻烟在从快要熄灭的柴火上袅袅升起。是谁在那里露宿呢？是渥尔斯顿一伙呢，还是杜尼凡他们？

布里昂手持短刀，腰别手枪，登上岸，钻进树林。他决定不到最后一刻决不开枪，以免发出声响惊动海盗。

突然，他停住了脚步，借助燃剩的柴火的朦胧的光亮，他发现在离他20来步的地方，趴着一个黑乎乎的野兽，布里昂还没反应过来，那猛兽窜跳起来。那是一只很大的美洲虎。紧跟着，传来一阵人的呼救声："救命——救命！"

布里昂一下子听出来了，那是杜尼凡的声音！只见杜尼凡没来得及掏枪就被美洲虎扑倒在地。威尔科库斯急奔过来，举枪刚要扣动扳机，布里昂立刻喊道："别开枪！"不等威尔科库斯认出自己来，布里昂已向美洲虎扑去。老虎向布里昂奔来，布里昂用短刀一刀就刺中了老虎的要害，老虎倒了下去。这时，维布和库洛斯也跑来营救杜尼凡。

杜尼凡得救了，但布里昂却险些丧命。

五个少年激动不已，杜尼凡对布里昂感激不尽。

杜尼凡他们终于随同布里昂和摩克返回法国人山洞。孩子们再一次结成一个整体。

强盗们始终没有在法国人山洞附近露面。但孩子们不敢轻举妄动，不能远走，不能开枪。直到11月初，还始终摸不清强盗的情况，孩子们都在提心吊胆中生活着。强盗们是否把船修好离开了呢？如果没有离开，他们又在岛上的什么地方呢？

布里昂终于想出了办法。他们把那个大风筝精心地进行了改制，加大加固。八角形的风筝面积有70平方米，半径约15英尺，各边四英尺，带起一百多磅重的东西是不成问题的。他们在风筝下面安装了一个吊篮。用绞车在地面固定好绳子，在一个微风习习的漆黑的夜晚，布里昂坐上吊篮，随风筝一起升到了七八百英尺的高空！

布里昂突然发现，在家庭湖西面，在离河口不远的地方，有一处火光！必是海盗的篝火无疑。

布里昂仔细地观察了一会儿。这时已经起风，风势不断加大。布里昂给地面一个信号，于是绞车便开始将风筝绳拉回地面。风势不断加剧，当风筝还离湖面（风筝是在湖边升起的，以防出现事故，吊篮上的人不致摔在坚硬的地面上。）一百来英尺时，绳子突然断了。地面上的孩子都吓呆了。然而几分钟后，布里昂却平安地登上了沙滩。原来风筝起了降落伞的作用，就在吊篮快要沉入水中的时候，布里昂一下子跃入水中，游到了岸上。风筝由于失去下面的重量，随风而去。

海盗还在岛上。11月24日，在离法国人山洞三百来米的沙滩上，孩子们拣到了一个崭新的烟嘴儿。海盗已靠近孩子。

11月27日晚上，电闪雷鸣，风雨交加，在骤雨的间隙，孩子们突然听到一声枪响从大约离山洞二百步远的地方传来！

大家立刻摆好架势，把大石头堆在山洞门口里面，握着手枪准备迎战！

不一会儿，门外传来救命声，戈特阿姨听出来了，那是依邦斯的声音。孩子们急忙把这位"塞班号"上的机械师迎了进来。

原来依邦斯趁今夜风雨大作跑了出来。海盗们紧追不舍，在法国人山洞不远处的湖边，海盗们就要追上依邦斯了。依邦斯纵身跳向湖里，几乎同时，海盗向依邦斯开了枪。海盗以为这一枪准结果了依邦斯的性命，就回去了。

孩子们又有了值得信赖的人，大家忘记了恐惧，兴奋地交谈着。

依邦斯说了海盗那边的情况，并且告诉孩子们，海盗已经发现了他们。

依邦斯还告诉了孩子们这个岛的情况，原来这并不是一个孤岛，而是离南美海岸只有30多英里的沿岸群岛中的一座，并且还有名字：阿诺——贝尔岛。

孩子们惊讶了，也兴奋了。他们要把海盗的破艇修好，重返祖国。然而首先必须经历一次血的决战！因为海盗们还没有放弃他们的小艇，只是找不到工具修整。

几天后的一个傍晚，正在悬崖上放哨的维布和库洛斯跑回报告说有两个人朝山洞走来。戈特阿姨和依邦斯认出那是海盗路克和弗布斯。

戈特阿姨和依邦斯决定将计就计，把两个海盗引到山洞里先干掉他们。戈特和依邦斯藏了起来，孩子们按计划热情款待这两个谎称是来借宿的遇难者。

半夜时分，两个海盗蹑手蹑脚地走到山洞门口，把堵门的石头搬开。很显然，他们是想把外面的海盗引进来。

就在这时，依邦斯带领孩子们活捉了弗布斯。路克夺路而逃，依邦斯开枪没有击中。

弗布斯被争取了过来，投靠孩子们了。其实弗布斯早就想改悔了。他在船上不是还为戈特和依邦斯求情了吗？弗布斯把海盗的情况都告诉了大家。

第二天下午，依邦斯决定出击，带领有战斗能力的大孩子小心翼翼地钻进了丛林。丛林里有许多海盗活动过的痕迹。

在一堆燃尽的篝火旁，孩子们停了下来。突然从右方传来枪声，子弹擦着布里昂的头发而过，打在旁边的一棵大树上。几乎同时，又一声枪响，随着一声悲惨的叫声，在50来米远的前方有一个黑影倒了下去。这一枪是杜尼凡打的。

大家冲过去。依邦斯认出，倒下的是海盗派克，他已经死了。

第三次枪声在左边响了。子弹从沙毕斯身边擦了过去。大家急忙隐藏在草丛中。忽然发现布里昂不见了。

"布里昂——布里昂——"杜尼凡呼喊起来。

孩子们紧跟着猎狗"胡安"，从一棵大树干后面转到另一棵树干后面，不停地前进。

又一声枪响，子弹从依邦斯头顶擦过。依邦斯一抬头，看见昨晚逃掉的路克正向森林深处逃去。依邦斯举手一枪。可是，路克猛地就不见了。依邦斯气得叫了起来："又叫这畜生跑了！"

这时，狗又叫了起来。那边布里昂正和克蒲搏斗。克蒲把布里昂按倒在地，举起了刀子……杜尼凡猛扑过去，那恶棍向杜尼凡胸部猛刺一刀，杜尼凡倒在血泊之中。

克蒲慌忙夺路而逃。孩子们一齐对准他连开好几枪。孩子们的子弹是足够的，这比起那伙海盗来，是占绝对的优势，海盗只有随身携带的那几颗，其他的都遗弃在"塞班号"上了。

克蒲却不见了，连"胡安"也好像找不到他的去向了。

布里昂跳了起来，把杜尼凡抱在怀里。杜尼凡伤势很重，生命垂危。

孩子们只好停止战斗，把杜尼凡送回法国人山洞。

当他们来到山洞前的体育场的时候，依邦斯发现渥尔斯顿、布朗特和布克三个海盗正拖着杰克和科斯塔向河边的小船走去，看样子要坐孩子们的小船渡过河去。戈特冲上去抢夺孩子，被海盗打翻在地。

"胡安"首先冲向了强盗，咬住了布朗特的喉咙。他只好放开小科斯塔。渥尔斯顿拖着杰克拼命向小船跑去，他不想杀了杰克，他想把杰克作为人质。然而，依邦斯和布里昂他们也无法开枪，怕伤着杰克。这时，弗布斯从山洞里冲出来。

"帮我一把，弗布斯。"渥尔斯顿喊叫道。然而他得到的却是弗布斯的袭击。

渥尔斯顿不由得放开了杰克的手。当他明白弗布斯已经背叛了自己时，便举刀刺向弗布斯。弗布斯瞪着愤恨的眼睛，栽倒在渥尔斯顿的脚下。

渥尔斯顿把杰克作为挡箭牌，企图把他拖到船上，布克和布朗特已经上了船等着他们的头儿。

然而，渥尔斯顿万万没有想到，暗藏着手枪的杰克，猛然举枪对准他的胸膛开了火。渥尔斯顿被两个同伙扶到了船上，杰克逃离了魔掌。

就在此时，雨点似的枪声响了。孩子们有开枪的机会了。渥尔斯顿和他的同伙的尸体，落入河中，被冲向了大海。

回过头来，人们开始救护伤员。杜尼凡此时已脱离危险。弗布斯对给他治伤的戈特说："谢谢！戈特，谢谢你。治也没用了，我不行了。"泪水从他的眼眶里淌了下来。依邦斯说："不要绝望，弗布斯。你已经赎了罪……要活下去……"然而，弗布斯却闭上了眼睛，再也没有睁开。

第二天，人们把弗布斯的遗体掩埋好之后，就又潜入到丛林，去搜寻在枪口下逃走的路克和克蒲。然而使人们惊喜的是，找到的是路克和克蒲的尸体。

孩子们欢呼起来！

后来，后来的事儿还用说吗？那无非就是孩子们修好了海盗们的船，在依邦斯的带领下，上了航线，正好碰上一艘汽船，孩子们乘坐汽船，又重返奥克兰。失踪了两年的孩子们又回到了祖国的怀抱，又回到了父母的怀抱。那种激动，那种热烈，就由您去想象吧。不过有一件事不能不交代一下，就是杰克向人们承认了他的过失——两年前，"思劳基"号的缆绳是他解开的。然而，还有什么不可原谅这个喜欢恶作剧的孩子呢？他的这种勇于承认错误的精神，就是很值得赞扬的。更何况在岛上的两年时光，他一直在默默地为大家做了很多事呢？

（孙天纬　缩写）

宇宙漂流记

〔日本〕小松佐京　原著

　　我和爸爸刚躺到床上，忽然响起了报警的铃声，爸爸连忙从睡袋中爬了出来。

　　在这座"人造航标站OP17号"上，只有爸爸和我两人。"人造航标站OP17号"是出入太阳系的航线——冥王星航线——上唯一的一座载人航标站。

　　我叫良雄·KON，今年13岁，是在冥王星基地出生的。由于爸爸工作调动，我便跟着一起来到了这座宇宙航标站上。至于学校嘛，有的。我从冥王星带来了一台"教育机"，它虽然只有一本书那么大，可里面却装着从小学到大学的全部课程。这台机器就像一位严厉的老师。我已在这航标站上生活了三年，并不感到寂寞。这里可以收到冥王星基地的电视节目，每年还有四次机会到冥王星上去玩玩。

　　冥王星是进入太阳系后的第一站，在到达冥王星之前，先要在我们航标站附近更换动力或接受检疫，这种时候，我常和爸爸一起去听那些远航归来的宇航员讲有趣的故事。所以如果是通知有恒星际宇宙飞船靠近的美妙动听的钟声，那我打心眼里高兴。不过报警的铃声却很叫人讨厌。

　　有一次一颗有半个月亮大的流星以很快的速度朝航标站飞来。那流星是个巨大的磁石，航标站差点被它吸过去，站上的机器也都因磁场的作用而失灵了。所以，我一听到那刺耳的警铃声，就不禁毛骨悚然。

我赶快来到控制室，看到爸爸正和冥王星航线指挥总部的威巴先生通话："12小时前，一艘近距离宇宙飞船失踪了，可大约在20分钟以前，我们又突然发现了它，它正以每秒200公里的速度向航标站飞去，请你们迅速采取紧急措施。飞船船名：'宇宙呼声号'，220吨，识别号码ZA306，火星教育部所属太阳系游览火箭载有六名13至15岁的儿童……"

爸爸表情严肃地关掉对讲机，命令我立刻将雷达调到最大功率，然后便开始换宇宙服。

与此同时，扩大器中传出"嘟——嘟——"的信号声，电光板上打出一行字：

Z……A……3……0……6……

"爸爸，来了'宇宙呼声号'！它就在附近，最多不超过30万公里。"

我急得满头大汗，一个劲儿地用无线电讯机呼叫"宇宙呼声号"，而它却毫无反应。这时爸爸已顺着紧急出动滑降道滑到了航标站底部进入了停在那儿的救助飞艇。

我连忙走到透明球体的前面，那上面布满刻度，透明球体显示宇宙空间。我打开第一个开关，球的上部出现一个绿色的光点，那就是我们雷达追踪的宇宙飞船，我再打开第二个开关，球体上出现一个小红点，那就是救助飞艇的飞射方向。当红点和绿点接近时，我按下了"允许发射"的按钮。

刹那间，爸爸的救助飞艇腾空飞起。

"良雄——"爸爸痛苦地呼唤着我的名字，一定是由于加速度过快，导致爸爸体重急剧增加六倍，连张嘴说话都很困难了。"呼声号从雷达上消失了，迅速确认方向！"

我抬起头，重新注视荧光屏，光点果然不见了。竟有这样的怪事？

"救命啊！"这声音不是从耳朵传来的，而是直接响在脑海里的。

我抓起对讲机，正要向爸爸报告，几乎就在同时，冲撞报警器发出震耳欲聋的声响。荧光屏上出现的那只巨大的宇宙飞船正以每小时30公里的速度缓缓地移动着，离航标站仅五六百米。

"救命啊！"呼救声再次响起，"我叫卡尔，我们这里有六个人和一只动物，我们的无线电通信设备失灵了，我正用精神感应法同你讲话，趁宇宙飞船还没跳跃，快救救我们！"

我飞快地跑到隔壁房间，将所有宇宙服统统扔进紧急出动滑降道，然后自己也滑了下去，坐进一只双人宇宙飞艇"银星号"。

我死死地盯着机库的气压表，终于闪光指示灯变成表示真空的鲜红色，旁边的紫色信号灯也一明一暗地闪动起来，这表示可以出发了。

我小心翼翼地把写着"1"的操纵杆推向前方，"银星号"出现一阵微动，机库大门打开了。

我推下2号操纵杆，嵌着"银星号"的巨大铁臂——发射台缓缓地将"银星号"推出机库。

我提起3号操纵杆，将那擎着飞艇的铁臂高高举起，此时，"宇宙呼声号"与"银星号"正处于相对而视的位置，距离仅三四千米。

我吃惊地发现"宇宙呼声号"全身闪着银光，且银光里又带有粉红色。我断定"宇宙呼声号"一定是出了什么问题。

我急忙将飞艇发射操纵杆向前推进，巨大的铁臂放开了"银星号"，轻巧的小艇滑向宇宙。

我一边操纵飞艇一边用对讲机同卡尔联系：

"请将飞船的行李筒伸过来，行吗？"

我已经来到"宇宙呼声号"跟前，在船体侧面找到了一个用红色发光涂料画出的圆圈。我看着圆圈中的符号，心想，这大概就是行李筒吧。想到此，我放出两只磁铁制成的锚，将"宇宙呼声号"和"银星号"连到了一起。

我慢慢开动着倒车引擎，这时"宇宙呼声号"船体上红圆圈部分开始伸出，直径约四米的一只圆筒正对着"银星号"缓慢地伸过来。当它伸出有10米左右时，两端的门打开了。

我将引擎由倒车改为前进，缓缓地向那个敞开的门逼近。就在飞艇即将钻进行李筒时，我发现一个奇迹，不禁大叫起来：

"卡尔，'宇宙呼声号'全身都射着粉红色光芒，太漂亮啦！"

"哎呀，不好，赶快离开！"卡尔发出惊叫。

但是，晚了。飞艇已滑入到行李筒里去了。

这时，"银星号"忽上忽下地颠簸起来，船身一下撞到了墙壁上，但墙壁却像用橡胶制成的一样柔软，又将"银星号"弹回到对面。

在极为强烈的震动下，我全身如散了架一般，头痛得快要炸裂开似的。我失去了知觉。

当我醒来时，发现自己已躺在床上，12只不同颜色的眼睛充满不安地注视着我。

他们告诉我，现在"宇宙呼声号"已经远离太阳系，这只宇宙飞船一跃飞出了一亿公里，多奇怪的现象！

最后，我们互相做了介绍：灰眼睛男孩叫吉尔，15岁；东方人长相的男孩叫查恩，14岁；黑人小孩布卡，12岁；那个呼救的卡尔是个金色眼睛的男孩，13岁；还有两个女孩：一个叫路易莎，金发蓝眼14岁；一个叫梅伊，褐色眼睛，12岁。我们成了很好的伙伴。

假如有人突然遭到不幸，或突然遇到危险，这时，什么最重要呢？这是爸爸常叫我思考的问题。

遇到这种情况，千万不能慌张，最重要的是临危不惧，沉着、冷静地思考，尽快查找出危险的原因，然后妥善处置。尽可能不要单独行动，要尽量争取外援。要尽最大可能争取生存，要和在一起的人同心协力、避免冲突。

想到这儿，我向吉尔询问飞船上的粮食贮存情况。

吉尔低头想了想说："我查过了，这只飞船原来是太阳系中的近距离游览飞船，所以没带很多的食物。"

其他的孩子也对这只船表示不理解。比如世界上速度最快的光每秒也只跑30万公里，而这只飞船一跳竟是光的三百倍，这简直就是用物理知识解释不了的怪现象！

"你们能不能从头给我讲讲'宇宙呼声号'是怎么起飞的？飞船上为什么一个大人也没有？"

吉尔点点头，大家也都围拢过来，只有卡尔开始显得局促不安。

吉尔开始用平静的语调讲起他的经历："我们都住在火星的埃利休姆市，从小就在一起。只有卡尔是四年前从地球上来的，但我们很快就成了好朋友。后来，我们听说埃利休姆市博物馆来了一只新的太阳系游览宇宙飞船，于是就赶去看看。值班员跟我们很熟，就把我们放进去了。"

"当时，'宇宙呼声号'停在'仓房'角落里待检修，我们兴冲冲地凑到这间'活动教室'跟前。这学期末，班上的同学们将要一同乘这只飞船去木星卫星基地，我们很想先看看这只飞船是什么样子，然后报告给大家，让他们高兴高兴。"

"我们走到宇宙飞船近前，梅伊发现升降口的门开着，有一只梯子在那里，就偷偷地钻了进去，经过客舱，一直走到驾驶舱。"

"查恩坐到了正驾驶席上，把手伸向开关。"

"'别动！查恩！'路易莎喊叫起来。"

"就在这时，下面传来砰的一声关门的声音，大家都吓坏了。但查恩确实没有碰开关，而且动力也是切断着的。"

"突然间，飞船摇晃起来，所有的墙壁都放射出粉红色的光。大家一下子被摔倒在地上，紧接着便感到一阵恶心。"

"这一切很快就过去了，大家从地上爬起来。卡尔从驾驶舱的小窗口向外望去，禁不住惊叫起来：'不好啦！飞船正在向宇宙飞行！'"

"事情的经过就是这样，"吉尔说，"直到和你取得上联系，我们在太阳系一直被一种奇怪的力量抛来抛去。"

"但是宇宙飞船为什么会跳呢？"

"不知道，假如我们找到使飞船跳跃的原因，我们就可以使它改变方向，向太阳系方向跳跃。"吉尔低声说。

正说着，跳跃又开始了。这次跳跃很长，而且很剧烈。跳跃终于停止了。路易莎却尖叫起来："快来看呀！'宇宙呼声号'正朝着一个从没见过的星球接近呢！"

大家急忙冲到窗前向外望去，外面是耀眼的红光和白光组成的旋流。

大家都屏住呼吸，注视着这颗奇异的星球。在这颗扁平的、巨大的、正在燃烧着的星球旁边，有一颗放射出刺眼的白光的小星球。它正对着大星球的那一面有些突起，呈圆锥形，很像梨的上半部。

那颗放射着红光的大星球，从中间喷出两道暗红色的气流，朝着那颗小星球，一左一右地将它夹住，并越过它，在黑暗的宇宙中卷起血一般的旋涡。旋涡的尾部像一条怪状的巨大的尾巴，直朝我们的"宇宙呼声号"伸过来。

是三重连星！

吉尔解释道："在地球上看到白太阳只有一颗，可在宇宙中往往是二颗或三颗太阳连在一起的。一颗亮的太阳和一颗暗的太阳共同围绕一个重心旋转。当暗的太阳运行到亮的太阳前面，遮住亮的太阳时，如果用望远镜观察，就会觉得那颗亮的太阳的光一下子减弱了，这叫'食变光星'。在宇宙中，有不少二重太阳、三重太阳，这样的连星。"

这时，卡尔脸色苍白地问道："吉尔，这只飞船朝三重太阳移动的速度大约是多少？"

"估计不会太快。"

听到他的解释，我不禁大声喊道："那可就不得了呀！这只宇宙飞船在三重太阳的动力圈里以多大的'运动量'（重量×速度）运动着，这是我们不知道的，但如果相对于那颗星星几乎是不动的话，那么我们的飞船就会朝着那颗太阳落下去。"

"你说得对。"吉尔敏锐地朝窗外望去。只见一红一白的两颗星星几乎一动不动。

"现在我们必须开动这只船，我大体了解远程宇宙飞船的动力系统和操纵原理，而且从空中发动引擎，危险会很少的。"我说。

"大家都到驾驶舱去看看！"吉尔喊了一声。

我在驾驶席上坐稳，打开了主电源的开关。这时卡尔找到了操纵指令软件。

咔嚓，响起了按键的声音。磁带里传出一道道指令，要求检查各项设备、仪表。我急忙按照指令按动许多按钮。绿色指示灯亮了，它表明一切正常。

这时，计算结果出来了。我们距红、白两星三亿五千万公里，这相当于地球到太阳距离的二到三倍。辐射量虽然还不清楚，但它们的体积相当于太阳的二百倍，我们的飞船正以相当快的速度向那里坠落下来，必须马上脱离！

"等等！"一直在观察雷达屏幕的布卡喊起来，"右舷40度方向发现一颗行星，很近！"

"卡尔，把握住方向！"查恩厉声命令道："千万别撞上那颗行星！"

这时我发现卡尔被查恩这么一说，脸白得像张纸。他把身子伏在罗盘上，避开了我的视线。

布卡迅速用望远电视捕捉到那颗行星，开始调节光谱分析仪。

"这颗行星距离我们约70万公里，直径约9500公里，比地球略小，反射能力很强，外围有一层很厚的大气层，其中有水蒸气、40%的氧气、40%的氮气，两极有小极冠好像温度不高。啊！光谱仪上出现了植物带吸收线！"

吉尔仔细地考虑了一下，"我们的粮食不够，而且水的再生净化装置也出了毛病，需要补充用水。卡尔，修正航向，接近那颗行星。"

我一直望着卡尔，这时，大汗淋漓的卡尔脸上竟流露出一丝坦然的表情。

我用力按下化学燃料火箭的点火按钮，自控飞行器运转正常。

这枚火箭上装有起飞、着陆和紧急启动用的化学火箭，也装有远程离子推进火箭。

离子火箭是将金属钾和铯熔化，喷射到白炽的钨上，产生阳离子磁场，它加速喷出时，虽推力不大，但用少量燃料就可维持较长时间的运行。

化学火箭主要是用液态氧、轻油或者固体氟化物作燃料。要想在短时间内达到很快的速度，还是化学火箭的效果更好。

加速度4G，大家的体重增加了三倍，速度也在不断加快，达到了时速7万2千公里。我按动火箭转换钮，加速表指针一下子回到1G。

几个小时后，"宇宙呼声号"进入了一颗不知名的行星的卫星轨道。我发现，这颗行星和地球极其相似。重力、大气、地形都很相似，有陆地也有海洋。

"是不是干脆进入着陆状态？"我一边准备启动制动火箭一边说。

这时，我又注意到卡尔神情有些异样。他用出神的目光盯着望远电视，眼睛里放着奇异的金光。

这是一颗奇特的星、暗淡的星。它的表面既没有花朵，也没有沙漠，整个星球表面全都被一种厚叶子的植物覆盖着。

在卫星轨道上，我将驾驶舱从飞船船体上分离了出去，利用驾驶舱自身携带的逆向火箭进行着陆。在此期间，飞船船体将继续在轨道上飞行。返回船体时，用驾驶舱上的火箭起飞，然后追上在宇宙空间飞行的船体，与它对接。

我们一面减速，一面寻找着陆点。

"看啊！有一片湖！"梅伊大声喊叫起来。

那是一片圆得像用圆规划出来的人工湖！湖边有一片宽约二百米的黑黝黝的土地。高度只有七百米了，我大喊一声；"就在湖边降落！"

"良雄！着陆架还没放出来呢！"卡尔说："要不要我来换换你？我长时间生活在地球上，对重力已经很习惯了。我还驾驶过小型气垫船。"

我把操纵系统转换到卡尔坐的副驾驶席上。

卡尔手握操纵杆，紧咬嘴唇，眼睛一眨不眨，全神贯注地盯着电视屏幕。

屏幕上，那条黑带子正在迫近，它比我们想象的更凸凹不平。

巨大的震动摇撼着我们的座舱。喀嚓、喀嚓！座舱好像掉到了什么硬东西上似的，发出吱吱呀呀的声响，好像马上就会粉碎。

卡尔死死抱住操纵杆。在接触地面的一瞬间，我果断地把收回三角翼的手柄推了下去。

电视屏幕上出现了交错在一起的网状藤蔓，接着又变成了一片又混又深的水面。座舱东歪西扭地跳跃着前进，最后，转3个圆圈。

"制动伞失灵！着陆架的制动已经到了极限！"卡尔大声喊道。

大家失声叫起来！就在这时，座舱随着一阵猛烈的冲撞，猛然停了下来，我们得救了！

接着，吉尔指定我、查恩、路易莎和他四个人可以穿宇宙服出去，其他的孩子留在舱里。

随着放气的声响，空气门打开了。我们四个人从舷梯上爬下来，伫立在飞船座舱的旁边。

眼前的景象太奇异了！那植物是我们从未见到过的。草的根茎又粗又硬，简直像胶皮管一样。这些植物没有叶子，粗大的"胶皮管"有我肩膀那么高，一根紧挨一根，互相缠绕在一起，好像一张很大的渔网。

在薄云缭绕的天空中挂着一颗葫芦状的太阳，那是两个大小不同的太阳挤到一起形成的。虽说此刻是晌午时分，可周围却是昏暗的，使人觉得阴森。

这时，我看见在与双重太阳相反方向的天空中，出现了一个几乎是正三角形的月亮。一会儿，又有一勾弯月以极快的速度趱过它，消失在天空的那一端。我看它出了神。突然再看那正三角形的月亮，不知什么时候它已变成了一个细长的三角形了。

吉尔用吃惊的口气对我说："以那颗月亮的圆缺变化来看，它很可能是个四面体，而且能自转。"

多奇怪的现象！

正在这时，忽然传来梅伊的尖叫声："啊！卡尔！伲怎么啦?！你要到哪里去?！"

我们不由得大吃一惊，急忙朝座舱望去。

只见座舱门敞开着，脸色苍白的卡尔，像夜游症病人一样摇摇晃晃走出了座舱。他没穿宇宙服！他那双金色的眼睛里闪着恍惚的神色，飘飘晃晃地像一个醉鬼。

"卡尔！你怎么啦?！不准违反命令!!"吉尔用话筒高声喊道。

卡尔好像根本没听到吉尔的声音，他摇摇晃晃地朝我们走来。他用那双失神的眼睛扫视着我们，好像要对我们诉说什么。

"你们，你们……"卡尔突然倒在吉尔肩上。

这时，耳机里传来布卡的叫喊声："空气里没有什么细菌！你们可以脱掉宇宙服啦！"

夜幕降临到这个神秘的星球上。那只奇怪的正三角形月亮从傍晚时分就落了下去，到现在还没有露面，而那一勾弯月却已经是三次匆匆而过了。

这时，座舱门打开了，路易莎从座舱里走了出来。

"卡尔怎么样了？"吉尔问。

"他睡着了，给他吃了镇静药。不过他烧得很厉害，一个劲地说胡话。"

布卡好像想说什么，两只手插在裤子口袋里，用脚踢着石头。终于他好像下定决心似的说："我总觉得卡尔好像同这颗星球有些关系，你们怎么觉得呢？"

布卡继续说："我在进行大气分析时，忽然看到卡尔抱着头自言自语地说着什么，好像在和什么人吵架。我只记住了其中两句地球上的语言。一句是：'为什么？！为什么把其他人也……'，另一句是：'不行！现在绝对不行！'"

大家都屏住呼吸，静静地听着。在布卡拿出分析结果之前，卡尔就连宇宙服也不穿地走出了座舱，他是否已经知道大气中不含特殊有害物质或细菌了呢？

"这颗星与卡尔能有什么关系呢？卡尔是我们的朋友，是地球上的人。"吉尔严肃地说。

"你对卡尔很了解吗？"查恩说："我听我在地球上的一个叔叔说，卡尔是养子。那是在我们刚出生不久，新加坡的一个村庄遭到一块大陨石的袭击，全村覆灭，只有一个婴儿幸存下来，他就是卡尔。"

"卡尔的奇怪之处还不仅仅是这些。"路易莎插话说："我觉得宇宙飞船的跳跃好像跟卡尔有什么关系。我计算过，每次出现跳跃现象之前，卡尔的眼睛准要有些变化，而从卡尔眼睛开始变化到飞船跳跃，中间相隔整整 5 分钟。"

"啊——"梅伊大叫起来，一个手指哆哆嗦嗦地指着座舱，"有个黑东西在动，在座舱侧面。"

吉尔一下子蹿了起来，路易莎也跟着向座舱跑去。

"有人跑到草丛那边去了！"吉尔说。

"卡尔不见了！"路易莎慌慌张张地喊道。

我和吉尔、查恩抄起座舱中仅有的两支光子枪，顺着地上的鞋印，一直追到一片植物形成的绿色屏障前。

绿色屏障枝条紧紧地缠绕在一起，没有空隙，仿佛连蚂蚁也爬不进去，卡尔到哪儿去了呢？

"卡尔，卡——尔——你在哪儿?！"我大声喊叫着。

突然，我的脑海中又回响起卡尔微弱的呼唤声。这时眼前的那些枝条慢慢地活动起来。原先紧紧缠绕在一起的枝条迅速地分开了，转眼间，我们面前出现了一条由枝条构成的通道。

我们勇敢地走进了枝条构成的隧道中去。

隧道地面很硬，长度约10米。当我们走到四五米的地方时，前面又打开了一段，而后面的枝条却合拢上了。我们被关在里面了！

我们脚下的路，突然变得软软的，开始往下陷。原来，我们站着的地面是由许多圆圆的、柔软的、像橡胶棒似的东西紧紧地排在一起构成的。与此同时，"橡胶棒"里还渗出滑溜溜的液体，将我们连推带滑地向前运送着。

隧道不断地向前延伸，弯度也开始加大。我们好像生在雪橇上似的左右摇晃着，头越来越晕，神志也开始不清了。

就在这时，我突然觉得被抛到了一块硬东西上，后背被狠狠地摔了一下，差点停止了呼吸。可是，这一下却把头晕驱赶跑了。

我们双手按照滑溜溜的地面，好不容易才站了起来。不知什么时候，我们已经走出了那条植物隧道，来到了小土丘旁的一块平地上。

卡尔身上的衣服全都被撕破了，脸色白得像死人一样，眼里却放出奇异的光彩。他也摇摇晃晃地站在小土丘的山脚下。

"我根本没想把你们带到这颗星球，"卡尔用令人毛骨悚然的声音说道："这都是由于那种宇宙的呼叫声！我很小的时候，就经常听到脑海里有一种声音。那声音在宇宙深处，在很远很远的地方呼唤我：'你在哪？你回来呀！卡——尔——'在火星基地的时候，我又听到那种声音：'时机到了！起飞！'我当时并没有那种想法，可是不知怎么的，我自己不由自主地在心里喊了一句：'起飞！'于是……"

卡尔说完这些，就瘫倒在地。突然，他又爬了起来，摇摇晃晃地向山顶跑去。我们也紧追不放。

当我们拨开荒草追到山顶时，发现小山丘的顶部像被刀切了一样平，一棵草也没有。整个顶部是一块巨大的岩石，像被磨亮的金属一样光滑。有三棵圆柱形的岩石矗立在那里，在它的顶端有闪闪发光的黑色圆球。

那石柱有五米多高，圆球直径有三米左右。

卡尔就倒在石柱下。

突然，我的脑海里又响起了卡尔那种神经感应现象，不过，这声音比卡尔的语调更奇特。

（我是费特，你们是谁？）

"我们是卡尔的朋友！你是谁？"吉尔问道。

（卡尔？是不是这个费特5号？他是我的孩子。我和你们一样是生物，你们刚才经过的是我的身体，现在你们看到的是我的心脏和头部。我有很多的头，可以生孩子。我的心脏寻找撒种的星球，然后将种子撒出去。我已经撒过五颗种子了，费特5号偏离了轨道，不知飞到哪里去了。我现在终于把它呼唤了回来。）

一定是那颗种子附在了卡尔身上，卡尔的谜终于解开了！

费特的种子是无形的，它潜藏在卡尔的意识当中，它也只有附着在别的物体上才能够移动。

虽然卡尔的谜是解开了，可是我们怎样才能返回太阳系呢？

当我们漂流在宇宙之中的时候，太阳系已经度过了三个月的时光。这一天，"宇宙呼声号"又突然出现在冥王星与海王星的轨道之间！当时，整个太阳系的居民都为之而震惊！

说来也巧，第一个发现我们飞船的竟是我的爸爸！

"宇宙呼声号"平安归来的消息传遍了整个太阳系，成了整个太阳系的一大奇闻。

我们，吉尔、查恩、调皮的梅伊、金发的路易莎、黑人布卡、还有我，都被欣喜若狂的父母紧紧地、紧紧地搂在了怀里。

卡尔呢？卡尔也和我们一起回来了。他要是不和我们一起回来，我们是无法回来的！因为能使"呼声号"一跳跳出几百光年，并且连续跳跃几个星期的，正是寄生在卡尔身体中的那种奇特生物的无形的种子，它叫费特5号。

学者们想把费特5号留下来研究，但我们不能出卖朋友。于是，我们按照卡尔回来的一种奇特的办法，让费特重新寄生在一只小兔子身上。然后，把它放入一只密闭的容器中。

载着小兔子的容器腾空而起，朝无边无际的宇宙深处飞去。费特5号，借助小兔子的身体，重新回到了它的父母身边。

卡尔经过住院治疗，不久就恢复了正常。他眼睛里原有的金光消失了，神经感应的能力也随之消失了。但是，他却得到了我们这些非同寻常的好朋友！

我们七个人，虽然散居于宇宙空间的不同地方，但我们的友谊是割不断的。我们常在火星、土星的卫星上或者冥王星上见面。大家凑到一起，就会兴致勃勃地谈起那次奇迹般的冒险旅行。谈了一阵子，我们就跑到天文台去，用电波望远镜捕捉那遥远的宇宙深处传来的奇特的电波。

每当我们听到那哗—哗——的奇特的声音时，就会感到那是从遥远的天际传来的"宇宙呼声"！这呼声告诉我们，在这茫茫无际的宇宙之中，有许许多多的像费特星球那样的星球，人类还不了解它们的奥秘，那呼声招呼我们去探访无尽的宇宙世界。

（艾力　缩写）

险 象 环 生

〔苏联〕布雷切夫　原著

楔　　子

百年以后，莫斯科的果戈理大街将扩大好几倍，变成一片植物林带。离阿尔巴茨基广场不远的树荫下，有一座果戈理纪念碑，纪念碑的后面坐落着一个生物站。这里所有的工作人员都是不超过12岁的少年。

假期里，生物学家们时常外出旅游。故事发生的那一年，他们再次来到地中海、爪哇岛和几个遥远的星球上，他们找到了直立猿人，结识了虎鼠，最后机智地战胜了宇宙强盗。总之，他们经历的无数艰险，读者都可以在本书中一一领略到。

第一部　赫拉克的新功绩

一、肮脏的实验室

春天的早晨在宁静中开始，又在一片喧闹声中草草收场。

小生物学家们像往常一样来站上报到。阿丽莎悄悄走进实验室，打算把手提包搁在那儿，再换上工作服。可她出来时，不禁怒气冲冲地埋怨道："这哪像个实验室，简直是个肮脏的马厩！"

"可不是，巴什卡昨天在那里一直待到深夜，竟抽不出一点工夫打扫一下。"玛莎接口道。

这时，巴什卡正在看《古希腊神话故事》。几个同伴气不过，只好没收了他的书，让他打扫实验室。

半小时后，当扎瓦德向实验室张望时，巴什卡已擦完所有的桌子，还将显微镜和载片放到各自的位置上。只是地上的垃圾堆成了小山。

巴什卡开始发愁：怎么才能把垃圾迅速搬到外面去呢？

这当儿，直立猿人赫拉克在敞开的窗外露出了脸孔。巴什卡灵机一动，把赫拉克叫进实验室，以两根香蕉的代价，将清扫垃圾的任务交给了他。

巴什卡向窗外望了一眼，空无一人，他越过窗台，往家里跑去。

赫拉克凝视着垃圾堆，搔了搔后脑勺，猛然他想起实验室近旁旷地上放着的浇水用的橡皮管，他曾经使用过那东西。猿人爬出窗口，打开水龙头，往室内喷水。

垃圾开始在水中打转转，终于实验室的门在水的压力下冲开了，一条大河夹带着大量的杂物，从那里流了出来，甚至将进门的阿尔卡沙也冲倒在地。

赫拉克闯了祸，连忙爬到芒果树上，装得若无其事。5分钟后，等巴什卡回来时，大家把他骂得狗血喷头。

二、猿人赫拉克的由来

时代研究所里有能够飞往各个时代的飞行舱。孩子们早就想乘时代研究所的飞船飞回遥远的过去，看看猴子在什么时候是怎样变成人的。一天，他们终于在时代研究所的一名卷发青年理查德的带领下，乘上了飞船，小生物学家们飞向了一百万年前的原始爪哇岛。在那里，他们见到了人类的祖先——爪哇猿人。

他们正想看得更仔细些，突然，从树背后跳出一只斑斓大虎，猿人们吓得四散逃窜。猛虎向一个小猿人扑去。

大家都躲进飞行舱里，而巴什卡却朝正尖叫着的小猿人跑去。就在理查德用麻醉枪射倒老虎的同时，巴什卡抱起了小猿人，也把他带进了飞行舱。

舱门徐徐关闭了，飞行舱又开始了跨越时代的飞行。

人们又回到了熟悉的实验室。从此，小猿人就和大家生活在一起，大家给他起了个绰号叫赫拉克，同时还期待着他有朝一日变成人哩。

三、雁蚊飞向哪里

那年夏天，蚊子繁殖得很快，每到晚上便袭击小生物学家们。因而，巴什卡决心研究出一种像候鸟式的蚊子来，让它们夏天的时候飞到北极或南极去吮吸鱼类或海豹的血。

他找到扎瓦德问道："什么鸟夏天飞往极地？"

"大雁，还有……"

没等扎瓦德说完，巴什卡就一头钻进了实验室。第二天他从基因结构研究所取来大雁的基因，准备把它和蚊子的基因杂交在一起。

几天后，伙伴们才发现了巴什卡这一实验的可怖性。但为时已晚。一只长满大雁毛的可怕的东西被创造出来，它的头部长着一根半米长的螫针。这只雁蚊撞翻玻璃罩，恶狠狠地扫了周围一眼，贪婪地搜寻猎物。

孩子们受到雁蚊的威胁，惊慌地向四周散开。笼子里的禽兽也吓得乱蹦乱窜。幸好，在不久之后，它又一次发动攻击时，小猿人赫拉克用力挥动棍棒当头劈了过去，才使它最终掉在了草地上。

小生物学家们纷纷爬出水池。只有巴什卡不满地嘟囔着："笨蛋，难道不能等一等，让它自己飞往极地去？"

第二部　外星飞来的公主

一、飞往珀涅罗珀星球的热带丛林

当天，阿丽莎像是有一群宇宙龙在背后追赶似的奔进了实验室，告诉大家后天他们将飞往珀涅罗珀星球，参观那里的热带丛林。

孩子们兴奋极了，开始张罗着准备他们所要带的东西。

珀涅罗珀星球是大约20年前，"小熊号"宇宙飞船在帕·泽姆菲尔斯基的指挥下，在飞往自己的故乡——比拉盖依星球途中突然发现的。那里有人世间一切美好的景物，却没有一只猛兽，甚至是一只蚊子。后几经调查，泽姆菲尔斯基的发现得到了充分的证实，珀涅罗珀被辟为旅游区。这座旅游城市后被它的开发者和设计者们定名为"让格列"，意为"高山吹来的清凉的风。"

二、灾难来自天真烂漫

巴什卡第一次到宇宙旅行，他总是乱跑，想做些冒险的事。在冥王星的转乘站，为了追踪雪人竟偷偷割断了牵引着他的绳索。当人们发现他失踪，引起一片恐慌。可是人们找到了他，他却埋怨大家破坏了他即将成功的伟大发现。

现在，他们已经来到了珀涅罗珀的让格列城。他们首先参观了全城，并游览了一些名胜古迹。在宾馆，当地的生物学家斯维特兰娜留下一张字条，上面写着7点钟她将来这里，晚饭前要赶到她工作的林业站，并准备在那附近建立少年生物学家的野营基地。

但就在离斯维特兰娜到达的时间还有一个半小时的时候，巴什卡不见了。

三、礼品街

阿丽莎走出宾馆大门，来到广场上。广场中央有一个布满路标的大球悬在空中。在那儿，一个专门回答人们各种询问的老机器人告诉阿丽莎，巴什卡向礼品街方向走去了。

阿丽莎穿过公园来到礼品街。这条街修得特别新奇，街道狭长曲折，古色古香的建筑物林立两旁，煤油灯柱排列成行。灯柱边一个头戴高筒帽的掌灯人告诉她，住在这里的人必须过着古代和现代的双重生活。整个街上真正愿意住在浪漫大街、靠生火炉取暖、用煤油灯照明和使用炉灶做饭的人，总共只有两个，他和福伍克斯。其他人可不，煤油灯只是点在街上做样子的，而屋子里全是现代化设备。

掌灯人指点阿丽莎可以去福伍克斯的商店看看。

阿丽莎缓缓地走着，最后在一家点着煤油灯的店铺前停了下来，果真是福伍克斯商店。

四、两面人福伍克斯

店门轧轧地开了，阿丽莎走进店里，而里面空无一人。

不一会儿，一个戴黑眼镜的小秃子从门后钻到商店里来，他的鼻子又高又长，这使得他的身子重心往前倾斜。他抓起尿盆，追着一个5岁左右的男孩满地跑。

当他看见阿丽莎时，便拎起男孩的衣领高声说："你没看见这里有顾客吗？"说着他马上消失了。

他第二次出现时，已经穿上了一件绣着星星的黑色长袍，头上戴着一顶黑草帽。

阿丽莎向他问好，并且向他打听是否见过一个头戴蓝色鸭舌帽，名字巴什卡的男孩。

"很遗憾，您的朋友已自愿离开珀涅罗珀，飞到别的星球上去了。如果你想去找他，我可以赠送给你一张通行证和旅行券，只消一个小时您就可以返回这里。现有一个飞船就在商店的院子里停着，你愿意去吗？"

为了找巴什卡，阿丽莎只好答应了。

五、公主的通行证

福伍克斯给了阿丽莎一个木制小方块，说那就是入城通行证，因为去的地方没什么文化，所以上边也不必写什么。还给了她一张纸片，上面画着一个雕有五朵玫瑰和三只仙鹤的盾牌，那盾牌由两位手持棍棒的赤身巨人托着。"你要乔装打扮一下，这是你的护身符，现在你就是一个外星回来的公主了。"

接着，福伍克斯又冲进里屋，从一个古代大柜子中拿出一件白色婚礼服给阿丽莎穿上。然后又把阿丽莎带进院子，那儿停着一艘生锈的旧式火箭。

福伍克斯将阿丽莎塞进舱门，接着指示器的数字开始跳动：7……6……5……4……3……2……

六、破烂不堪的铠甲

发射不到3分钟，这艘陈旧的低速飞船就着陆了。

阿丽莎推开舱门，沿着一条林中的羊肠小道向左边拐去。在路的尽头，有一片旷野，上面满布着骑士盔甲的残留物，显然这里刚刚发生过一场大规模的战斗。在道旁的橡树下停着一辆大型手推车，上面堆满了头盔和甲胄。在手推车上坐着一个全身上下一边红、一边蓝的男人。双色人说，他是个宫廷小丑，先王赐给他脚下这块领地，每次这里发生战斗之后，他都会得到不少铠甲。

他还告诉阿丽莎，一个钟头前，一个叫巴什卡的男孩从他手里换去了铠甲、长矛、盾牌和宝剑，他的证件上写着：红箭骑士。现在他已进城去了。

阿丽莎一听巴什卡连铠甲都弄到手了，便感到有些灰心丧气——如今他肯定要闯祸了。这时，那个宫廷小丑看了看她的证件，说："一切都已备齐，咱们可以进城了。"

七、侯爵受侮

当他们来到一个山顶休息时，忽然传来一阵马蹄声。山岗上出现了一位穿着华丽的胖骑士。他怒气冲冲地对小丑抱怨道："我要抓住那个放跑我奴隶的坏蛋，他的徽号是'红箭'。"

阿丽莎立刻心领神会。

在阿丽莎和小丑的共同请求下，侯爵留下了他的仆人格里科，来帮助小丑推小车。

他们一同往山下的城市走去。城墙前面的吊桥已经放下，守门的卫兵检查过阿丽莎的证件，放行了。

小丑安排阿丽莎先到宫中住下来，而他却在一家回收废铜烂铁的商店门口停下，准备为手推车上的一堆东西讨价还价……

八、公主在王宫

阿丽莎随侍从来到了宫殿前。那宫殿常年失修，油漆早已剥落，窗上的玻璃也残缺不全。

他们沿着漆黑的楼梯爬到二楼，找到第16号房间。刚进屋一会儿，小丑来了，他穿戴如故，只是换了一顶顶端系有两个小铃铛的丑角帽。

"我在城里什么也没打听到，也没来得及跟国王说话。现在我们先去膳厅吃饭，王太妃想跟你谈谈。"小丑说。

阿丽莎顿时紧张起来，要是王太妃认出我来怎么办？

阿丽莎跟小丑穿过昏暗的走廊和楼梯，来到一个点着火把和蜡烛的又高又大的大厅里。

那里坐着很多人，一个头戴金冠的大胡子把阿丽莎叫到自己身边坐下，然后又自顾自地吃喝起来。

这时，一位年轻的绝代佳人开始用低微而悦耳的声音跟阿丽莎谈话，她就是伊莎贝拉王后。王后询问了阿丽莎有关她的父母和兄弟的一些情况，阿丽莎只是支支吾吾地应付过去了。

吃完饭，国王命令道："现在来办公事。"

九、对小骑士的控告

"谁要告状，请举手！"首相大声说道。

桌子上举起了好几只手。

侯爵告红箭骑士放走了他的奴隶；商人普扎涅洛告小骑士偷走了他的一匹马；黑狼骑士告小骑士用棒子打了他；最后一个大乌鸦模样的主教告小骑士踏灭了火堆，救走了一个正要被烧死的女巫。

这回红箭骑士真是罪不可赦了。

十、比武开始

国王命令三更过后全体都到比武场去观看骑士比武。

伊莎贝拉带着阿丽莎在包厢里坐下来。

王妃对阿丽莎说："放心吧，我们会保护你的巴什卡的，你一定可以和他一起回家的。"

"您不相信我是公主吗？"阿丽莎吃惊地问。

"我怎么能相信呢？在宴席上我问过你家庭情况，看样子你并不会撒谎，那时我就知道你不是我的外甥女。"

这时，国王来了。他挥了挥手，比武开始了。

10对骑士轮流上阵。当第10对骑士结束战斗时，黑狼骑士重新出现在比武场上，他要向全国所有的骑士挑战。

号角响过两遍，那个胖侯爵冲了出来，他接受了黑狼骑士的挑战。骑士们正欲放下面甲，右大门突然被撞开了，比武场上出现了第三位骑士。他身披铠甲，盾牌上画着一支红箭，他就是巴什卡。

看台上顿时产生一阵骚乱。主教和首相们纷纷要求处死巴什卡。而观众却想看比武。国王为了不触犯众怒，只好宣布："继续比武！"

首先上场的是侯爵。他将长矛猛力地刺向巴什卡的盾牌，巴什卡由于身体瘦小，整个人飞出了马鞍，落到20米开外的地上。

然而这时出现了新的奇迹：侯爵马鞍下的马肚带突然断了，顷刻，侯爵连同马鞍从马背上甩下来，哗啦一声摔到地上就昏了过去。这时阿丽莎看见侯爵的仆人格里科对她使了个眼色，她立刻明白那马肚带的断裂绝非偶然。

接下去是与黑狼骑士交锋了。阿丽莎着急地大喊："巴什卡，避开他！像冰球赛那样避开对方的后卫！"

巴什卡听到提示后，并不急于冲上去，而是在墙边不远处等待敌人的到来。就在黑狼骑士逼近时，巴什卡灵巧地闪到一边，对方一头栽进了板墙。

不到一分钟，黑狼骑士又摇摇晃晃地站起来，拔出宝剑向巴什卡刺来。巴什卡的宝剑被劈成了两截，但当黑狼骑士再次举剑刺向巴什卡时，由于用力过猛，剑插入地上，拔不出来了。而这时候，巴什卡悄悄地凑近那骑士，并用小刀飞快地在他的盔甲上划了一阵。

骑士放弃了那把剑，举起巨大的铁拳，转身向着巴什卡。就在这千钧一发之际，骑士的裤子突然滑了下来，引得场上观众捧腹大笑。尽人皆知，骑士的盔甲是用皮线缝起来的，而这些皮线却被巴什卡用小刀割断了。

骑士失去平衡，跌倒在地，巴什卡从容不迫地将一只脚踩在了他的胸口上。

巴什卡大获全胜！国王将奖杯授给了他。

十一、胜者受罚

阿丽莎松了口气，但小丑却警告她，不要被国王的微笑所迷惑，国王一定会在宴会上毒死巴什卡的。小丑低声对阿丽莎说："在到达宫门之前，有一段路一片漆黑，我一发出信号，你们就跑。格里科已藏在伊莎贝拉太妃的马车里，他们在那里接应我们。"

阿丽莎点点头，又费了好大劲儿才劝动巴什卡和她一起逃走。

他们来到前厅，还没来得及潜入黑暗之中，就被一队士兵拦住了。他们将巴什卡从阿丽莎身旁拉开，带到金銮殿去了。小丑和阿丽莎也尾随在后，从侧门走了进去。

主教开始起诉巴什卡，并且带来了证人，他先让侯爵和黑狼骑士诬称巴什卡是用欺骗手段赢了他们的。然后又带来一个衣服破烂不堪、脸上沾满污垢的小女孩，硬说这个小小年纪的孩子是小女巫。而巴什卡居然敢把一个女巫从火堆里救走。

国王于是在判处巴什卡死刑的诏书上签了字。然后便迫不及待地离开宝座，吃饭去了。

十二、死里逃生

巴什卡已被押上了断头台，正当要行刑的一刹那，阿丽莎冲到刽子手旁边，大声说："我宣布让这位骑士做我的未婚夫。"

这儿有个古老的传统，如果贞洁的少女敢于当众宣布罪犯是她的未婚夫，就可以免除死罪。

首相和主教百般抵赖，说这一传统早已废除了。多亏那个诚实的刽子手作证，巴什卡才得以获救。当然，他临走时也没忘了带走小女孩。

他们跑出胡同口，跳上王太妃的马车，转眼来到了城门前。因为首相发现他们带走了"女巫"，便派出卫兵来追赶。伊莎贝拉下了车，决定以她王太妃的身份缠住后面的追兵。她喊了一声："一路平安，阿丽莎公主！"马车冲上还没完全放稳的吊桥，朝着与城市相反的方向迅猛地奔驰而去。

十三、小丑，再见了

马车在坎坷不平的道路上奔驰，最后在一个峡谷中停了下来。

在小丑和格里科的帮助下，阿丽莎他们终于逃避了追兵的搜捕，沿着森林蹚过小河，在森林的尽头，发现了停在旷野边缘的那艘宇宙飞船。

阿丽莎和巴什卡从小丑的手里接过小女孩，依依不舍地同满面愁容的小丑告了别，登上了宇宙飞船。

返航的旅程既快又不知不觉，他们终于又回到了珀涅罗珀星球。

福伍克斯欢迎了他们。阿丽莎发现福伍克斯长袍下的裤腿也是一条蓝、一条红，和中世纪小丑的裤子一模一样。

那个小女巫竟然是福伍克斯的女儿帕米拉！

十四、你们不相信我们去过别的星球吗

少年生物学家聚集在宾馆前面的广场上，焦急地等待着阿丽莎和巴什卡。

当他们见到阿丽莎和巴什卡那狼狈样儿时，不禁惊叫起来，并开始责备他俩。

正在这时，一个中年妇女的声音打断他们的争吵，"孩子们，我们认识一下，我叫斯维特兰娜，在珀涅罗珀林业站工作。最近两周你们将在我们这里做客。因此我们将住在密林中，一同采集标本，游泳和晒太阳。"

她这一席话，把孩子们的注意力全吸引了过来。

第三部 在珀涅罗珀星球度假

一、长角的半只狗

在珀涅罗珀星球荒无人烟的原始森林里，少年生物学家们在一条不知名的小河旁搭起了帐篷，他们是从地球飞到这里来度假的。

早晨，阿尔卡沙在河边注视着河心的伙伴们，突然他看到河的对岸有一只额头长着两只角，没有后腿和尾巴的怪兽在树林里慢慢地走。

他正想叫玛莎拿来相机，可那怪物已经不见了。

这难道是幻觉吗？

当阿尔卡沙爬到帐篷旁边的崖石上面去晾毛巾时，他忽然看见在帐篷后面，又有一只仅有后半身的怪物——两只后腿、一个肚皮和一根长尾巴。阿尔卡沙禁不住惊叫起来。

二、野人捕鱼

玛莎常常坐在她的潜球里进行她的水下观察和研究。这个潜球实际上是个充满空气的双层气袋，只要卸掉重物，它就可以浮出水面。

这一天，玛莎和往常一样坐在潜球底层进行工作。突然，她看见从水面上撒下一个大渔网，谁会在这儿捕鱼呢？不久网里便网进几条牙齿锋利大鱼。这里竟有这样的大鱼，这可和以前所说的珀涅罗珀的故事不一样。

正想着，玛莎又看见两条类似狗鱼的大鱼凶猛地扑向那渔网，但渔网离开了水面。这时，那大鱼发现了潜球，又怒气冲冲地朝她冲来，甚至咬破了潜球的外层。玛莎连忙卸掉重物。幸运得很，玛莎刚从顶部舱盖钻出来，排完空气的气袋便沉下去了。

玛莎把长发向后一甩，开始寻找制造险情的罪魁祸首。

在河的对岸，站着一个身穿游泳裤和鹿皮短上衣的高个子青年。他说他是个自由流浪汉，只是个野人，整个银河系都是他的家。他还说他是个文盲，并不知道这里不准打猎、捕鱼的法规。玛莎十分惊愕，当今世界还有文盲。

傍晚吃晚饭的时候，野人又来到他们的住地。

他为自己要了一杯茶，开始和大家聊起来。他说："我向大自然索取的，只是我生活必需的东西。我不是个危险的人，而且我愿和所有人和兽和睦相处。"他还邀请大家到对岸的峡谷里他的帐篷去做客。

最后，他将茶一饮而尽，消失在黑暗之中。

三、那里曾经有一座城市

第二天，孩子们沿着小河来到上游的高原上。

在那里，他们发现了一只两头蜥蜴和一条由方石铺成的道路。这说明珀涅罗珀星球存在过会筑路的有理性的动物，这推翻了他们关于这颗行星的一切观念。

他们继续往前走，忽然在一些大树下，他们发现了一些房屋的废墟。一定是发生过地震，但这里的人又是谁呢？

巴什卡仿佛没有听见大家的议论，他跑到破墙的小洞口，喊道："喂！谁在这里？"

沙沙声停止了，"野人"从里面钻了出来。

野人敏捷地从瓦砾堆上跳了下来，他显然发现了斯维特兰娜等人对他的怀疑，于是抢先说道："说起来并不是我们首先发现这座城市的。你们看入口处那堆土，看来已经有什么人来过这里。我想这里一定发生过激烈的战斗。"他一边说一边对斯维特兰娜表现得很亲热。

四、归途遇虎

巴什卡似乎对野人很崇拜，一路上他竭力地模仿野人的一举一动。

当旅游者们开始感到有点疲惫的时候，突然树林中传来了一声吼叫，一只全身长着黄色短毛的猛兽挡住了众人的去路。

孩子们一下子都愣住了。这时野人举起木棍向猛兽迎面冲去，结果木棍被野兽撞得飞了出去，连他自己也滑倒在地。幸好斯维特兰娜此时将麻醉枪派上了用场，大家才得以脱险。

后来大家把他们遇到的这种奇怪的猛兽叫作虎鼠。

当他们快到宿营地时，看见阿尔卡沙表情既悲伤又懊恼地站在白色帐篷旁。

他告诉大家那长角的狗被打死了。

不错，在树底下就躺着那只额上长角的、只有前半身的狗。

"真奇怪，它的后半身在哪儿？"野人说道："这么说，老虎也来过营地，多奇特的方式啊——吃掉半只狗便一溜烟地跑掉了。"

"不，"阿尔卡沙反驳道："这是完全割裂开的半只狗，它那后半身我也见过。的确这只狗不是被咬断或被劈开的，它那断开的地方，看上去像是在空气中逐渐模糊起来的。"

正在这时，电视电话响起了刺耳的铃声。一个留短须的检查员出现在大荧光屏上。他告诉斯维特兰娜说："让格列城发生了地震。城市的一部分被破坏，有些人受伤。通信联络中断……你们先留在原地。等一切安顿下来后，我再和你们联系……"

荧光屏闪了闪，图像立即消失了。

野人也站起来和大家告别，然后跨过栏杆，迅速朝林子里走去。斯维特兰娜和阿丽莎都看到了他身上带有一支小巧的手枪。

五、他们亲密无间

深夜里，老检查员又打来一个电话，他对斯维特兰娜的报告感到忧心忡忡。他叮嘱斯维特兰娜一定要小心谨慎，千万别轻易离开营地。

第二天，斯维特兰娜宣布今天搞室内作业。只有巴什卡不想工作，他找了个借口返回到帐篷里。没过多久，他又从帐篷里溜了出来，向森林中走去，他要去看望野人。

突然，在他前方三米开外的地方，有一条蛇从草丛中探出了三角形的头来。巴什卡将小刀向它掷去，但小折刀从蛇头旁边飞了过去，扎到地里。蛇并没有逃走，而是发出咝咝的声音，将颈部鼓得老大。

巴什卡忍不住大声喊起来："救命呵！……"

突然，"砰"的一声枪响，蛇头垂了下去。野人就站在离巴什卡几米远的地方，他正在把手枪插入腰带。

野人亲密地搂住巴什卡的肩膀，把他带到了帐篷里。巴什卡发现帐篷很大，里面的行军床上放着一大堆兽皮。

野人对巴什卡说："我对你有个小请求，不知你会不会保密？"

"会的"，巴什卡立即回答说，"我保证。"

野人接着说："我和斯维特兰娜热恋了四年，我是为了她的爱才留在此地的。但我们的爱受到了那个老检查员的百般阻挠，所以我要把斯维特兰娜劫走。今天傍晚时分，你将斯维特兰娜引到湖边来，我在那儿等你们。在旧城废墟的后面，我藏了一艘宇宙飞船。我们将乘它逃走。"

说完，野人送给巴什卡一把可以自动导向的短剑和一顶兽尾皮制的帽子。

六、狗住在哪儿

巴什卡回到帐篷，受到了斯维特兰娜的狠狠地斥责。

这时，阿尔卡沙提着水桶从阳台上进来，他一见巴什卡的帽子，立即尖声喊道："你那位野人是个强盗！一定是他把长角的狗打死的！这就是那狗的后半身拖着的尾巴。"

在这种时候，巴什卡当然要为朋友的声誉而辩解了。多亏了斯维特兰娜及时制止了他们。

这时，屋后的公路上来了一辆气垫车，是那个检查员老头儿来了。检查员对大家说："我们决定将所有的旅行团送到宇宙发射场。一旦邻近星系的飞船抵达，马上将他们全部疏散。我们的星球将暂停开放。"

巴什卡心想：要不惜一切代价拖住检查员，不能让他拆散那一对恋人。于是他悄悄地溜到屋后的小棚里，将斯维特兰娜大卡车上的发动机卸下来，藏到了灌木丛中。

当他溜进房间的时候，阿尔卡沙正在讲他的发现："我认为长角的狗不是生活在空间里，而是生活在时间里。狗的前半身今天出来游荡，而它的后半身却暂时停留在昨天。那个野人一定是对狗那毫无防备的后半身进行侦察和跟踪，然后割掉了它的尾巴。尔后它的前半身也由于疼痛而死亡。"

这样的设想真是过于大胆了，但不知这样的狗住在哪儿？

这时检查员匆匆地看了看表说："这很有意思，但现在有更重要的事情——我答应城里过一小时把你们送回，你们的车现在也要用上。"

可是很快，检查员就发现大卡车坏了。"不要失望，"检查员果断地说："我乘自己的气垫车赶回城里，过一小时带一个机修员回来，然后再开大卡车把你们运回城里。"

气垫车不一会儿便消失在树林里了。现在对巴什卡来说，只有一小时了。怎么办呢？

七、追踪野人

巴什卡飞也似的穿过林中旷地，跑到野人的帐篷前。帐篷里一片漆黑，到处堆放着一些工具、钻头、仪表、宇宙发报机等东西，还有一只死光枪在角落里放着光。

野人在哪儿？他要这些东西干啥呢？

野人说过他有一艘宇宙飞船在旧城附近，那他一定是在那儿。巴什卡立刻穿过浓密的树林向旧城跑去。在齐腰深的野草中，巴什卡猛地看见一群狗的前半身在草丛中奔跑。阿尔卡沙是对的，它们大概是在半夜结合吧。

忽然间在右前方响起了一阵敲击声，像是什么在用棍子敲打铁门。会不会是野人呢？

巴什卡急忙朝右前方的旷地奔去。

八、巴什卡失踪了

检查员离开约摸10分钟，阿丽莎发现巴什卡不见了。她没有声张，她想：一定是巴什卡不肯离开此地，躲到野人那儿去了。

于是阿丽莎悄悄地离开帐篷，向野人住的地方跑去。在那儿，她什么人也没找到。

忽然，远处传来沉闷的轰隆声，仿佛是爆炸。野人和巴什卡会不会在那儿呢？阿丽莎犹豫了几秒钟，还是向旧城方向跑去。

阿丽莎刚走到上次遇到虎鼠的地方，就听到了第二次爆炸声。这时，大地颤抖了一下，阿丽莎整个被抛在沙地上，她感到头顶上的悬崖开始崩裂。当大地渐渐安定下来，她从地上爬起，忽然看见在离她10步开外的地方立着一只巨大的虎鼠。而且它竟然会说话："我仔细地观察过你们，你们的表现和其他人一样，我对你们人类不满，快离开这儿！给你们三天期限，越早离开越好。"

"可是别人怎么会相信我呢?"阿丽莎说。

"这么说,你们人类可以说假话,可以对另一个人说事实上并不存在的事情,可以背着别人去做别人反对的事啦?"虎鼠说道:"那么,若是不找犯罪的一方商量,任何时候都无法做出决定。"说完便扬长而去。

阿丽莎无视虎鼠的忠告,继续向废墟走去。在他们上次遇见野人的地方,阿丽莎发现一棵连根拔起的大树,后面有一个大弹坑。

"你不知道这儿发生的事吗?"在那棵树的枝丫上一只墨绿色的大鹏,正在学着虎鼠的声调说话。原来那个搞了两次爆破的人就是那个野人。他还打伤了大鹏。

说完,大鹏就展开双翼,朝远方飞去。

阿丽莎费劲地攀上那树伸向高空的树丫,以便望得更远。

远处是什么东西那么耀眼?是宇宙飞船吗?

九、野人企图逃之夭夭

巴什卡比阿丽莎早半小时来到高原。

当野人正蹲在大树旁准备进行第二次爆破时,巴什卡来了。然而野人并没有理睬他,而是直奔到大树下,跳进弹坑,开始扒起土来。

巴什卡突然发现,弹坑边沿开始塌方,泥土越陷越快,很快把野人埋在了土下。巴什卡急忙拿来铲子,把野人救了出来。他从弹坑里爬出来时,手里捧着个黑盒子。

野人向一棵树走去,那树下草地上放着两个鼓鼓囊囊的口袋,野人说:"那里是狗尾巴,在帕利普特拉星球上,那些摩登妇女想它都想疯了,你要换什么就会给你什么。"看来野人杀死了不少狗,巴什卡为野人的行为感到痛心。

一艘不大的宇宙飞船出现在他们面前。

野人打开舱门,把口袋扔了进去。"在灰星云星球上,没有一个人相信我能取得坎多拉黑宝盒,可我终于取到啦。这宝盒是利格美星球人从这个星球上逃跑时丢下的。"

"谁从这星球上逃跑?"

"那些破坏我安宁的人,"一条绿色的大蟒蛇说话了。

刹那间,野人扔掉口袋掏出死光枪对准它。

野人打死了蟒蛇,准备带上他从这个星球上攫取的东西起飞。

"这么说您根本不爱斯维特兰娜了?"

"那姑娘吗?你不想想,在灰星云星球上,有多少美女在等我,而你却在帮倒忙。"

巴什卡的心中豁然开朗,野人原来是个宇宙强盗。

这时,阿丽莎从远处奔来。野人一把抓起巴什卡,将他抛进舱内。宇宙飞船起飞了。

十、"我数到十……"

阿丽莎眼望飞船冉冉上升,不禁流下泪来。

这时,一辆气垫车停在她身后,老检查员跳了出来。他马上通过电视电话和一个穿宇宙警服的年轻人进行联络,要他抓住那个野人。

"这么说您真的不知道?"是那条蟒蛇在说话。原来它并没被打死,只是受了伤。

"我们一点儿也不知道。真奇怪,先虎鼠跟我谈话,然后是大鹏,现在又是蟒蛇,但声音都一样,好像是同一个东西乔装打扮的。"

"小姑娘说得对,"蟒蛇说道:"我就是珀涅罗珀星球在说话。许多年前,也有过像你们这样的人来我这里访问。就是他们建立了这座城市,但他们任意在我身上钻洞,采伐木材,屠杀牲畜。我曾警告过他们。我还演变各种各样的猛兽,呼风唤雨制止他们,可他们仍无动于衷。后来我就把他们的城市毁了,那些幸存者便溜之大吉。我实在是忍无可忍。"

这时,电视接收机的荧光屏亮了,野人已被他的同伙出卖,很快就被迫投降了。

气垫车驶抵宿营地。检查员说巴什卡最早得等到傍晚才能回来。蟒蛇没有征得允许便钻进了气垫车，一路上问了阿丽莎许许多多问题。

尾　声

转眼间，在珀涅罗珀星球上的假期即将结束。该是返航的时候了。

少年生物学家们已经准备好自己的行李。虎鼠也带着一大群狗送行来了。那些狗有的有头没尾巴，有的有尾巴没头。

小生物学家们进城后，斯维特兰娜便依依不舍地送他们登上飞往地球的宇宙飞船。

当小生物学家们一同走下莫斯科宇宙发射场时，巴什卡长长地吁了一口气。他深有感触地说：

"多么有趣呀，各个星球千差万别，在这包罗万象的宇宙中，将有多少新鲜的事物，等待我们青少年去认识、去探索……"

（艾力　缩写）

科学家——大象历险记

〔苏联〕亚·贝纳耶夫　原著

一、一位出色的马戏演员

柏林的巴斯赫大马戏院座无虚席，观众们都在迫不及待地等着"哎哟哟"的出场表演。

终于马戏场入场处的帷幕大大张开了，在观众的掌声中，"哎哟哟"走了出来——原来是一头大象，头戴一顶金线绣花、四周流苏飘拂的帽子。专门伺候大象的小个子男人开始说话了："女士们，先生们，在这里，我荣幸地向大家介绍我们著名的大象——'哎哟哟'，它身长十四点五英尺，高十一点五英尺，从鼻尖到尾巴尖共九米。"

"哎哟哟"突然扬起鼻子，在小个子男人面前挥动起来。

"呵，请原谅，我说错了。"小个子男人说："鼻子长两米，尾巴大约长一米五。因此，从鼻尖到尾巴尖共长七点九米。"

大象的出色表演博得了观众的掌声，而斯赫密德特教授却深表怀疑："骗人的鬼把戏！"

为了避免误解，小个子男人请几个观众到马戏场里，以使大家相信他并没有搞鬼。斯赫密德特和斯托尔兹一起走进马戏场。

于是，"哎哟哟"开始显示出它那惊人的智慧。在大方块的硬纸板上写好数字，摆在大象面前，它就进行加减乘除的计算，从纸板堆中选出符合计算结果的数字，毫无错误。

斯赫密德特从口袋里摸出怀表，对大象说："你说说看，现在是什么时候？"

大象突然伸出鼻子，抢过怀表，在自己的眼睛前晃了晃，又把它还给斯赫密德特，然后利用方块纸板做了回答："10：25。"

准确无误！

下一步的问题是认字。管象的人将八幅的动物图画和一些写着猴、象、猩等文字的硬纸板放在大象面前，让它找出相对应的图或字，同样毫无错误。

最后把全套字母摆在"哎哟哟"面前。这一回，它得自己挑选字母，组成一个个词，连成句子来回答别人的提问。

"你叫什么名字？"斯托尔兹教授问它说。

"现在叫'哎哟哟'。"大象回答说。

"难道你以前还有另外一个名字！以前的名字又叫什么呢？"斯赫密德特插进来说。

"聪明"。这次用字母组成的词是拉丁文。

"也许是'聪明人'吧？"斯托尔兹笑着说。

"也许"。大象语意含蓄，仿佛其中藏着一个谜。

斯赫密德特无论如何认为这只是个骗局，于是在演出后他留下来和斯托尔兹等人一同对"哎哟哟"又做了几个试验。

二、欺人太甚

科学家们让管象人荣格离开现场，开始试验。大象殷勤听话，对各种各样的问题对答如流，连斯赫密德特也半疑半信了。但是因为他固执成性，还在争论不休。

这时候，大象显然已经听厌了这种没完没了的争论。突然，大象的鼻子从斯赫密德特的口袋里掏出怀表，把表拿给他看，表针指着12点。然后"哎哟哟"把表还给斯赫密德特，用鼻子一把卷住他的颈子，把他送到出口处。其他教授们也神态尴尬地走了出去。

几个工人来到马戏场内，开始做清扫。"哎哟哟"也许是为什么事生气，也许只是因为今天晚上跟教授们第二次会见后感到疲倦了。它把布景掼来掼去，最后竟把一件布景猛地拉破了。

"当心，你这个坏蛋！"荣格对它吼叫着，并抓起一把扫帚，用扫帚把捶打大象的厚屁股。突然，大象高声叫起来，转过身，像抓小狗一样把荣格抓住，抛向空中好几次，每次都在半空中把他接住。最后，大象把他放在地上，拾起扫帚在沙上写着："你公然胆敢打我！我不是动物，我是人！"

写完以后，它丢下扫帚，挤垮了大门，走了出去。

荣格急忙向马戏院总经理斯特罗姆报告了大象出走的消息。斯特罗姆一整夜都没睡，从电话里听取情况，发出指示。从所有的报告看，"哎哟哟"没有伤害一个人，也没有搞破坏。一般来说，表现还是不错的。尽管饥饿曾迫使它去吃了菜园里的蔬菜和果园里的苹果。

早晨6点钟，荣格第二次露面时，他一身尘土，污汗满面，衣服都湿透了。原来是无论荣格用什么方式去说服，"哎哟哟"都毫不理睬，还把荣格抛到了湖里。

三、宣战

从思想上来说服的一切打算都落了空。最后，斯特罗姆不得不采取断然的措施，一队消防队员被派到了森林中。但被水箭激怒的"哎哟哟"不仅把消防队的一些车丢到湖里，搞垮了守林人的小屋，并且抓住一个警察，把他丢在了树上。以前它一举一动都很注意，现在对于自己造成的破坏会达到什么程度都毫无顾忌了。

最后警察出动了，警察局长命令他们准备封锁森林，射杀大象。斯特罗姆陷入绝望，他请求警察局长暂缓实行上述命令，局长给了他10个小时的时间。斯特罗姆召开了紧急会议。散会后5小时，森林里遍布着伪装的陷阱和捕兽装置，但这些对"哎哟哟"来说都毫无用处。

10个小时过去了，强大的警察分队越来越紧地缩小了封锁圈，并开始向大象射击。然而这头象还是冲破了封锁，摧毁了障碍物，跑得无影无踪。

四、瓦格纳挽救了局势

在警察追击大象的时候，斯特罗姆正在书房里绝望地踱来踱去。恰巧在这时候，仆人送来一封电报，是从莫斯科拍来的，会是谁呢？

"柏林，巴斯赫马戏院，斯特罗姆经理：刚看到逃象消息。请警察局立即撤销杀象命令。派仆人向大象转达：'聪明，瓦格纳即飞柏林，请回巴斯赫马戏院。'如不听从，再射杀。瓦格纳教授。"

看完电报，经理开始行动起来。他很花费了一番二夫，才说服警察局长停止军事行动，荣格立刻被飞机送去找大象传达电文。

大象果然听话地向柏林走去。瓦格纳教授和他的助手德尼索夫乘飞机到达了柏林，见到了斯特罗姆。

瓦格纳问经理说："您是否可以告诉我怎样得到这头象的呢？您知道这头象的历史吗？"

"我是从一个名叫尼克斯的买卖椰子和椰子油的商人手中买来的。他住在中非刚果。他说有些天他的孩子们正在花园里玩耍，这头象突然出现，并表演了各种各样的巧把戏，孩子们高兴地叫它"哎哟哟"。因为英文中这个词既表示惊奇，又含有活泼好玩的意义。我们也就沿用了这个名字。"

"这头象有什么特别突出的记号吗？"

"它的头上有一些大伤疤，可能是被捕捉时受伤留下的，所以我们用一顶带流苏的秀花帽遮住它的头。"

"那么，它肯定就是我失掉的那头叫'聪明'的象。我以前去刚果进行科学探险时捉到的那头象，训练它的就是我。可有天晚上，它走进森林，一去不复返。当我在报纸上看到这头象在马戏表演显示出来的非凡的能力时，我立刻断定：只有'聪明'才具有这种能力。可是这头象终于起来造反了，那就说明一定有什么事让它生气，我必须来帮助它。我要和它谈谈。"

那天晚上，瓦格纳和大象见了面。大象一见瓦格纳，立即伸出鼻子跟他"握手"，并把瓦格纳卷起来放到自己背上。教授揭起大象的大耳朵，对着耳朵耳语。大象点点头，把鼻子在瓦格纳的眼前迅速舞动。瓦格纳仔细地注视着。

"它表示想休假一段时间，以便有机会把一些有趣的事告诉我。它同意休假期满后回马戏院来，但要求荣格向它道歉，并保证以后不再动手打它。"

现在斯特罗姆总算弄清楚了大象出走的原因。

第二天早上，瓦格纳教授和助手德尼索夫坐在大象背上出发了。要知道象的背上有足够的地方可以容纳他们两个人。

"德，"为了节省时间，教授按照以前的约定，这样称呼他的助手。"你现在的工作就是照管大象。要了解它，就得知道它的不平常的过去。这是你的前任贝斯可夫写的日记，你先读读吧。"

瓦格纳向大象的头部靠拢，打开一张折叠起来的小桌子，摆在自己面前，两手同时开始在两本笔记本上写字。瓦格纳总是同时做两套动作。

"开始吧，把你的故事全部说出来吧。"瓦格纳显然是在跟象说话。象把鼻子朝后弯过来，差不多快接触到瓦格纳的耳朵，鼻孔开始喷出急促的有停顿的声音。瓦格纳左手记下象发出的信号，右手写一篇科学论文。同时，德尼索夫很快地被那本日记迷住了。请看贝斯可夫的日记吧。

五、"林再也不会变成一个人了"

3月27日。瓦格纳教授的实验室是一个神奇的地方，里面几乎应有尽有。很明显，教授对哪一门知识都感兴趣。实验室隔壁的房间完全像是蜡像陈列馆，瓦格纳在那里"培养"人体组织，那里竟然还有一个活生生的仍在思考着的大脑。前些时，教授改变了喂养大脑的生理溶液的成分，使这个大脑惊人地生长起来。

3月29日。瓦格纳一直在跟那个大脑认真地商量着什么事情。教授要跟这个大脑交谈时，就把指头按在大脑的外层表面。

3月30日。瓦格纳对我说：那个大脑是一位年轻的德国科学家"林"的大脑，它至今仍然活着，仍能够思考。可最近它已不愿意老是静静地躺在那儿，它想听、想看、想走动。可惜的是，现在林的大脑已变得太大，任何人的颅骨都装不下，林再也不会变成一个人了。但他还可以变成一只象。林已经表示同意了。

3月31日。象的"大脑盒"送来了，瓦格纳教授通过这个大脑盒的前额部分，按纵的方向把它锯开，教授说："这是为了把林的大脑装进去，也为了以后把林的大脑转移到别处时好取出来。"

我们共同在象的大脑盒上钻了一些洞，以便使管子能通过这些洞，将营养液输送给大脑。然后，我们把林的大脑小心地装进象的大脑盒内。

现在重要的任务就是去弄一头活象了。可是从非洲或印度运一头象来，费用太贵了。因此，瓦格纳决定把林的大脑带到非洲去，就在那儿做移植大脑的手术。

六、猴子玩足球

6月27日。我们一行20人历尽千辛万苦，终于到达了目的地汤巴湖畔。其中有18个人是来自一个非洲部落的向导和搬运行李的人。林的大脑一路平安，自我感觉良好。

7月2日。我们的营地连续受到狮子的威胁，但瓦格纳对狮子的吼声却好像充耳不闻，他待在帐篷里，像是在发明什么东西。今天我正在帐篷外洗漱，瓦格纳一身外出探险的打扮从另一个帐篷里出来了。他没有带枪。

我注意到，他的步伐起初有点小心翼翼的、慢慢地步伐越来越坚定，最后终于像他平常一样迈出了迅速而有规律的步伐。他走上了沿着小山下去的斜坡路。走到斜坡变得陡峭起来的地方时，他举起双臂，整个身子缓缓地在空中旋转，且越来越快。他的头和脚轮流交替地变换位置，这样一直旋转着到了山脚。教授翻了几个跟头，才站起来，又迈着正常的步伐走了。

为了教授的安全，我禁不住抓起一杆枪，带着四个最聪明勇敢的土人跟在瓦格纳后面。

正走着，忽然传来一种奇怪的低沉的怒吼声，原来离森林10码左右，有一个细小的猩猩和一个灰褐色的母猩猩，一个巨大的公猩猩。那公猩猩一见瓦格纳，立刻右手按在地上一跃而起，扑向瓦格纳。

可这时，最奇怪的事又发生了！

那公猩猩在瓦格纳面前重重地撞到了某种看不见的障碍物，发出一声长嗥，跌倒在地上。而瓦格纳则像空中飞人一样在空中翻着筋斗，双手向上伸直，全身也绷得直直的。公猩猩又一次猛扑上去，一个倒栽葱，又跌倒了。根据猩猩伸出的手的位置来判断，我想这个障碍物像个圆球，这个球看不见，像玻璃一样透明、不反光，牢固如钢。呵，这就是瓦格纳教授的最新发明！

这时，母猩猩也冲了上去。两头猩猩激动地扑向那看不见的球，那球也像普通的足球一样蹦来蹦去，瓦格纳像轮子一样旋转着。终于，教授有些累了，我看到他突然弯下腰来，跌到球的底部。情况变得不利，我立刻向猩猩开了枪。那受了伤的公猩猩竟跳到我的跟前，抢过我的枪，不过它终于摇摇晃晃地倒在了地上。母猩猩赶快躲了起来。

在回去的路上，瓦格纳告诉我，这个球是用一种透明如玻璃，坚强如钢的橡胶制成的。球壳上有气孔，人进去后拉紧，一根透明的橡胶带子，把自己封闭在球内，然后以自己的体重就可以把球推向前进。

七、看不见的脚镣

7月20日。跟踪了好几天，我们终于又发现了象群的新足迹。瓦格纳从一口板条箱里取出某种看不见的东西。我在空气中摸索一番，才紧紧抓到了一根大约一公分粗的绳子。我们费了好大劲儿才把这种看不见的绳子做成圈套，摆在象群经过的路上。

夜幕降临了，象群悄悄地走来。领队的大象将鼻子向前伸着，不停地嗅着。突然，在离看不见的圈套仅有几码远的地方，领队的象停了下来，是不是它闻到了橡胶的气味？它打不定主意，又向前移动了几步，一下子陷入了第一个圈套。它拼命地向后仰，后身几乎接触地面。突然系绳子的粗树干裂开了，好像被斧头砍着了似的。大象吓了一跳，向后倒去，马上又摇摇晃晃地站起来，转身惊叫着逃走了。

瓦格纳失望地咕哝着，突然他哈哈大笑起来，显然什么事触发了他的灵感，"我们现在要做的就是要找象喝水的地方，它们不大可能再回这地方来了……"

八、给象喝伏特加

7月21日，土人们发现了森林中的一个小湖。我们脱光衣服下水，在象群饮水的地方把木桩打进水底，密密地排成一排，把湖的一小部分围起来。然后，我们把水下的这堵墙涂上一层厚厚的黏土，做成了一个饮水池。

瓦格纳在实验室里工作了几小时，最后带出来一桶液体，他说是"给象喝的伏特加。"这桶液体倒进了池中，我们都爬上树，坐在树上观察。

这时，一群野猪走向湖边，在那儿喝了很长时间。酒力慢慢地发作起来。母猪和小猪们都醉倒在地，只有那头公野猪不停地发着疯。

一群大象排成单行走了过来。那头野猪不但没有转身逃跑，反而箭一般地冲向象群。领头的象显然吓了一跳，它把象牙戳进了野猪的身体，然后把这头半死的野猪甩了下来，踩上了一只脚。于是这头野猪就只剩下了头和尾，整个身子被压成肉饼。

象群继续前进，来到湖边。头象吸了一口水，把鼻子举到湖面上，开始在水面四处探索，显然是在比较湖中各处的水味。最后，它还是带领象群喝起了"象的伏特加酒"！

一小时后，象群开始了一阵骚乱，大象们一头接一头地倒了下去。那几头没喝到"伏特加"的象，带着惊奇的神态，看着它们队伍中的这种奇怪的损失。

后来，那些清醒的象发出奇怪的声音，晃动着它们的鼻子，过了一会儿选出了新的领队的，排成单行，慢慢地离开了。

九、林变成了一头象

我们飞快地从树上下来，着手工作。土人们忙着宰杀睡着的野猪，瓦格纳和我给象做手术。瓦格纳从箱子里选出一把消了毒的解剖刀，在象的头上割开一个切口，把皮肤翻转回去，开始锯开头盖骨。

很快，他就揭开了头顶骨的一部分。瓦格纳指着象的眼睛与耳朵之间的一块巴掌大的地方说："只有打击这块小小的地方，才能把象杀死。我已经警告过林的大脑，要他特别当心这一处。"

瓦格纳很快地从象的脑袋中取出了大脑物质。但这时，这头无脑的象突然站了起来，走了几步，又摇摇晃晃地倒下来，现在它死了。

我小心地洗干净手，从我们带来的象的颅骨中取出林的大脑，递给瓦格纳。

瓦格纳将林的大脑装入死象的头盖骨中，又迅捷地缝合神经末梢，把林的大脑和象的身躯联系在一起。最后，他把象的头盖骨在林的大脑上，用金属夹子夹紧，把皮肤还原，一针针缝好。

现在这头象就是林，林已经变成了一头象。不过缝合的神经还没有长好，它还不能动。

夕阳冉冉西沉，醉象们都醒来了，它们走到领队的头象面前，用鼻子抚摸它，用自己的语言跟它交谈。没有反应。最后，那几头大象终于走了。

瓦格纳走到我们的病人身边，他对这头象说，"今天，你必须静静躺着，不过我可以让你在明天起来。"象眨了眨眼睛，表示它已听明白。

7月24日。今天，象第一次站起来了。

"恭喜！恭喜！"瓦格纳说："我们现在怎么称呼你呢？我们一定不公开你的秘密，我称你为'聪明'，同意吗？"

大象点点头。

"我们将通过哑语或莫尔斯电码交谈。"瓦格纳接着说："你可以摆动你的鼻子尖，向上摆代表一点，向旁边摆代表一划。你也可以发出声音信号，如果你觉得那样更方便的话。现在，请你摆动你的鼻子。"

大象开始摆动鼻子，动作相当笨拙，仿佛是朝四面八方摇荡，像关节脱了位的手脚一样。

"我看你还得学会做一头象。一头真正的象知道它该怕什么，怎样对付不同的敌人，保护自己，到哪里去找食物和水。而你一点也不知道这些事。你得从经验中学习。现在，请告诉我，你现在的自我感觉如何？"

"聪明——林"开始从鼻子里喷出长长短短的声音，瓦格纳一边听，一边译出来告诉我：

"我的视力似乎不像我以前是人的时候那么好了。是的，我比以前看得远些，因为我现在高些，但视野却受到相当的限制。我现在的听觉和嗅觉倒是敏锐得惊人，我从不知道大自然竟然有这么多的声音和气味。"

聪明用鼻子把我们卷到它的背上返回了山上的宿营地。

瓦格纳告诉聪明不要离开营地，走得太远。象点点头，开始用鼻子从附近的树上扯断枝条。突然，它尖叫一声，卷起鼻子，迅速跑到瓦格纳跟前。象差点把鼻子伸到了瓦格纳脸上。

瓦格纳轻轻地帮它把刺挑出来，提醒它以后要注意：鼻子受了伤的象就是个残废，甚至自己不能喝水。口渴的时候，不得不泡在河里或湖里，直接用口喝，而大象通常总是用鼻子把水送到口里去的。

象重重地叹了口气，又卷起鼻子走向森林。

8月1日。今天早上，聪明没有露面。起初瓦格纳一点也不着急。一小时又一小时过去了，聪明还不见踪影。最后我们决定派一支搜索队去找它。

土人们很快发现了象的足迹。一个年老的土人说："象在这儿吃了一点草，它一定是受到了什么东西的惊吓。嘿，这是只豹子的足迹嘛！象就是在这儿开始跑起来啦。"

象的踪迹把我们引得远离了营地。它曾匆匆越过一片沼泽地带，后来又来到了刚果河边。我们的向导找来一条木船，于是我们过河到了对岸，但却不见象的踪影。这头象究竟怎样了？即使它仍活着，它又怎么能设法和森林中别的野兽生活在一起呢？

8月8日。我们花了整整一个星期去找象，却白操劳了一场。我们最后只得离开非洲回家去。

十、敌对的四脚动物和两脚动物

当德尼索夫读完日记时，瓦格纳又递过来了日记的续本。这就是聪明走在路上告诉瓦格纳的故事：

我并没有远离营地，只是在草地上平静地扯起青草。突然，我看到一只豹子埋伏在小溪边的灯芯草丛内，一双贪婪饥饿的眼睛狠狠地盯着我。我顿时控制不住愚蠢的恐惧感，拔腿就跑，浑身发抖。最后，我被一条河挡住了去路。我不顾一切地跳进河里，四条腿像还在奔跑一样划动起来，一直向前游去。

太阳升起来了，河上出现了一只小船，上面的白人向我开枪，我只好转身奔到岸上。

森林越来越密，藤蔓缠得我不得脱身。我已经累得要命，只好侧身躺在地上。

突然，我闻到两脚动物的气味，这是一个非洲土人身上的汗味，其中还掺杂有一个白人的气味。也许就是船上的那个白人正埋伏在一丛灌木里，手中的枪管正瞄向我那致命的弱点。

我赶快跳起来。气味是从右边传来的，因此我向左边逃。一路上，我走过许多溪流、小河和沼泽地带，直至完全迷了路。

几天后的一天，我突然闻到一种新气味，说不准是人的还是野兽的。我被好奇心所牵引来到了一片森林的边缘。在那儿，我看到在一间较大的矮房子里，有几个像人的小生物在举行某种会议。他们的皮肤是浅褐色的，头发差不多是红的，身体匀称好看，但只有三英尺到四英尺高。这些有趣的景象却使我感到害怕，我知道我遇到了象的最可怕的死敌——俾格米人。他们都是出色的射手和标枪手。他们使用毒箭，一支毒箭的一刺就足以杀死一头象。他们鬼鬼祟祟地从后面爬来，抛出一面网，网住象的后腿，或者将一把锐利的小刀刺进象的脚后跟，割断脚筋。他们把毒钩、毒刺撒在村子周围。

我连忙转身就跑，霎时就听到了身后传来的叫喊声和紧紧追赶的脚步声。

我迂回曲折地向前飞跑，突然我闻到一股非常强烈的象群的味道，也许我能在象群中找到安全吧？我刚跑过一簇树丛，就看到一群象躺在地上。我是背风跑去的，它们没有嗅到我的气味。听到我的脚步声，才引起一阵惊慌。领队的象没到后面去保卫象群，却第一个跳进水中，逃向对岸，只有母象设法保护幼象。

我使出全身力量跳进河里，抢在很多带着幼象的母象前面渡过河流。这种做法是自私的，但除母象外，其他的象都是这样做的。我听到俾格米人已冲到河边，巨象和矮人之间的战斗开始了。

十一、和象群在一起

我不知道那场河上之战是怎样结束的。我跟着象群一连跑了几个小时，领队的象总算停步不走了。这时，那只头象走到我跟前，用长牙戳戳我的肚皮，似乎在挑战。我只是稍稍地避开。于是，那头象卷起鼻子，把鼻子轻轻举到唇边，塞进口中，然后吱吱地叫了一声，走开了。

后来我才知道，柔和的隆隆声和吱吱声都表示满意，大吼表示恐怖，短促而尖锐的叫声表示突然受惊。就这样，我跟着象群漫游了一个多月。

一天夜晚，我担任警戒。已经休息的象群相当安静。突然远处闪现出一道火花，接着变成熊熊大火。然后在那堆火旁边，又有一些火按照一定的距离，有规律地燃起来了，把我们夹在了两排火光之间。我知道在火光夹成的这条大路的一端，猎人们很快就会开枪、叫喊，而另一端等待我们的不是陷阱，就是围栏。一般来说，当一阵喧闹声惊醒了象群的时候，它们胆怯害怕，总是朝火光、闹声相反的方向逃走，但无声的陷阱和死亡都在那儿等着它们。

我该怎么办呢？我好像打不定主意，实际上已做出了选择。我已远离了象群。

正在这时，一切如我所想的那样发生了。

我没有跟象群一起走，而是用我那人的大脑控制住自己，跳入水中。现在我的一双象腿已踩在河底的淤泥上了。我将全身潜入水下，通过鼻子来呼吸，直至猎人离开。

对于这些连续不断的恐惧和忧虑，我已经受够了，我决心要在某个工厂或农庄露面，尽一切努力要让人们相信我不是一头野象，是受过训练的。

十二、给偷猎象牙的人做事

我沿着刚果河顺流而下，虽然曾跟一头河马有过一番不愉快的遭遇，但我终于摆脱了它，一直游到勒康吉。

清晨，我离开森林，向一幢房子走去，边走边点头，可这并没有给我帮忙，在两条恶狗向我猛扑之后，又遭到了子弹的射击，我只好重新回到森林里。

有天晚上，我不快不慢地走了几小时，看到了一堆篝火，那里有两个欧洲人和一个当地土人。我一走过去，就屈膝跪下去，像一头受过训练的象低下自己的背来背东西一样。那个小个子男人一把抓起枪，打算开枪射击。就在这时刻，那个土人叫喊起来，并向我跑来：

"别开枪！这是一头受过训练的好象啊！"

这时另一个白人也同意把我留下来，以便能帮他们把搜集到的象牙运到麦萨地去。

紧挨着营火的一捆破布动了一下，一只膀子从破布里甩了出来，接着露出一张没有半点血色的脸，胡子乱得一团糟，这人显然病得厉害。他瞪着一双呆滞混浊的眼睛望着我，并向我微笑。

对于我的这些新主人，我最喜欢那个土人，他叫姆配坡，而对那个病人布朗我还不能得到确实的印象。至于另外那两个欧洲人我是讨厌透了。

十三、逃学鬼的恶作剧

有一天，那两个欧洲人考克斯和巴卡勒骑着我到几里外的一个地方去取回前几天打到的一头象的象牙。在路上，他们毫无顾忌地商量着要杀掉布朗和土人姆配坡。在他们看来，我不过只是一只拖运东西的牲口。

这天晚上，他们的谋杀计划落空了，因为布朗病已见好，晚上出去猎象，没留在营地里。

第二天一早，在考克斯和巴卡勒还睡着的时候，布朗回来叫醒姆配坡，他俩又骑着我，向森林边走去。布朗说："他们以为我病了，可我完全好了。晚上，我杀死了一头很大的象，象牙漂亮得很，巴卡勒和考克斯看了会惊奇的。"

干完剥取象牙的工作，我们动身回营地。我不愿他们被杀害，于是执意朝刚果河走去。布朗发怒了，他用铁尖刺我的敏感的、容易发炎的颈部皮肤，后来竟拔出了枪。我只好驮着姆配坡逃走。

但是这个土人也不肯跟我走，他要获得几个月来冒险猎象挣来的自己的一份。

我也只好驮着象牙返回了营地。

十四、象牙和四具尸体

他们都睡得很早。当下弦月升到森林上空时，巴卡勒站了起来，一只手伸到后面的口袋里去摸左轮枪。我断定这也正是我行动的时候。我把鼻子尖按在地上，猛烈地喷着气，发出一种奇怪的吓人的声音，一下子把布朗惊醒了。

布朗咒骂了我一句，又转身睡去。当考克斯手拿左轮枪走近布朗时，我又一次使出全身的力量吼叫着。布朗跳起来，冲到我面前，对准我的鼻子尖打了一巴掌，我赶快卷起鼻子走开。

布朗又躺回到地上。差不多快早晨时，考克斯和巴卡勒飞快地向布朗和姆配坡跑去，同时开枪。这一切发生得这样快，不让我有一点时间来警告这两个可怜的人。

然而，布朗还活着。当考克斯俯身看他的时候，他突然支撑起身体，对准考克斯打了一枪。然后又用考克斯的尸体作掩护，向巴卡勒开了火。一颗子弹打中了巴卡勒的头，而布朗也脸朝下扑倒在地上。

十五、成功的计策

我最后到达麦萨地的时候，才第一次交上好运。

那是个黄昏，我往前只走了一百码左右，就走出了森林，一直走到一片空旷的田野，中间矗立着一幢房子。房子附近看不到人，但不远处却有两个小孩在玩丢圈圈的游戏。

我向他们走去。孩子们看见我，并没有跑开，我高兴极了，轻轻地跳个不停，做出各种表演。孩子们的胆子大了起来，我伸出鼻子，把他们放到了背上。跟这两个快快活活的白种小孩在一起嬉戏，使我高兴得心花怒放。这时一个脸色黄黄的高高瘦瘦的男人站在一边，呆呆地看着我，说不出的吃惊。

我向他作了象的鞠躬，甚至还跪下去。他摇着我的鼻子，微笑着。呵，我到底胜利了！

象的故事说到这儿就完啦！后来发生的一切对它来说是无关紧要的。瓦格纳、德尼索夫和象在瑞士的这趟旅行十分愉快。林以前喜欢访问的地方，象这次也在那里漫游，引起旅游者很大的惊奇。

"哎哟哟"目前仍在柏林巴斯赫马戏院里表演。

荣格现在对象特别殷勤有礼，照顾周到。他认为这一切都是魔鬼搞出来的。不过，他也可以自己去下结论：这头象居然每天都精读报纸，有一次还从荣格的口袋里偷了一盒单人玩的纸牌，在一只倒放着的大桶上玩了起来。不知你对这有何感想？

以上录自阿基姆·伊凡诺维奇·德尼索夫的文件。瓦格纳教授读了这篇手稿后，添上了下面这几句话：

"这一切属实。请勿将此材料译成德语。林的秘密至少不能在与之密切接触的人中公开。"

（吕爱丽　缩写）

威尔历险记

〔英国〕约翰·克里斯托弗　原著

　　我叫威尔，我要向你们讲一个同三脚机器人斗争的故事，这是我的亲身经历。

　　在白色的群山里，无论成年人谈的严肃话题，还是孩子们的学习、锻炼课程，都只有一个目标，就是要战胜三脚机器人。

　　关于三脚机器人，没有谁了解得更多，要战胜它们，只有一个办法：我们中的一些人必须设法潜入三脚机器人的城市，探出它的秘密，然后必须逃回来，把情报带给我们的领导人。我们这些男孩子就是为这而受训的。

　　每年夏天，三脚机器人统治下的德国人都举行竞技会，三脚机器人就会把竞技会上的优胜者主动带到它们城市中去，这是我们潜入敌人城市的唯一机会。这就要求我们必须能在下一次竞技会上努力去争取获胜。

　　江波儿、亨利和我彼此已是挚友，我们都希望能被选中去参加竞技会。一天会餐后，我们的老首领朱利叶斯宣布了参加竞技会的名单，上面有我和江波儿，亨利落选了，代替他的是最好的短跑运动员弗里茨。朱利叶斯还告诫我们，我们的行为举止必须像戴上机器帽子的人一样，否则是很危险的。给人戴上机器帽子是三脚机器人控制人的意志的一种手段。

会餐之后，我们剪了头发，把伪造的机器帽子紧紧地装在头上。为了这次带有危险性的探险，我们又进行了特殊的训练，然后终于出发了。

我们只用四天就来到了要与之会合的那艘驳船的所在地，找到了厄康宁号。船上有两个人，都戴着假机器帽子。其中一个叫乌尔夫，一个叫莫里茨，莫里茨要比乌尔夫亲切十倍，但乌尔夫是我们的领导，是他向我们发布命令。

一天中午，我们停在一个小镇上。乌尔夫上岸去办事，但整整一个下午他也没回来。莫里茨猜测，他一定又是喝醉了。为了不耽误整个计划，我和江波儿自告奋勇上岸去寻他。

我走进一家酒店，正在张望，一个大块头叫住我说："你要找什么？"为了避免他的怀疑，我要了一杯啤酒，但只喝了一半，我就着急地朝门口走去。大块头叫住我，找给我零钱，然后看了看那半杯啤酒，说："你是嫌啤酒不好吗？"

我立刻回答："不是。不过我觉得不大舒服。"

我的口音暴露了我是个异乡人，于是我只好告诉他们我是从蒂罗尔来的。没有什么比这句话更不幸的了。原来，这个镇上最好的一名拳击手在上一次竞技大会上被一个蒂罗尔孩子打败了，他们说，那孩子是用不正当的手段进行拳击的。因此，他们恨蒂罗尔，当他们得知我也要去参加竞技大会时，便开始围攻我。我简直愤怒极了。我把朱利叶斯所有的警告抛到了九霄云外，狠狠地将那个捉弄我的人打倒在地。

刹那间，一切静下来了。他们把我送到了当地的法官那儿，并把我扔进一个深坑。那坑有15英尺宽、15英尺深，坑壁是平滑的石板，没有一个人能爬得上去。

我仰望天空，看来是没有逃跑的机会了，我觉得既冷又饿，而且对自己感到恼怒。

好几个钟头过去了，突然我听到轻轻唤我的声音，那是江波儿。他垂下绳子把我拉了上去。

我们没有时间废话，马上沿原路向河岸跑去。但当我们到那儿时，发现厄康宁号已经驶出四分之一英里远了。

现在，我们不得不赶快沿着河岸朝北跑。路上，江波儿把乌尔夫的情况告诉了我。乌尔夫的酒喝得很多，他对我们到镇子上去十分恼火。后来，一个来看他的朋友对他谈起有个蒂罗尔小伙子在酒店里打架，被扔进了深坑。乌尔夫对此暴跳如雷，决定把我扔下不管了。但是江波儿舍弃不下朋友，偷偷跑出来救我。一定是乌尔夫发现江波儿又跑了，他怕警察前来询问，所以马上离开了。

现在我们被孤立无援地甩在这儿，而我们距离竞技大会还有好几百英里路程呢！我们怎样才能及时赶到那儿呢？

天黑的时候，我们找到一处旧的、废弃不用的板棚过夜。江波儿突然想起一个主意，他说我们可以用板棚的一面做个小筏子，这样湍流就会带着我们往前漂流行驶了。

我的思想一下子充满了突然出现的希望，以致我都忘记了身上冷，肚子饿。

第二天一早，我们就动手干了起来。当我们干完活时，太阳已升到了山顶。我们费劲地把小筏子托到水边，又小心地爬了上去。我们的航行开始了。

我们的木筏很重，它的四分之三都浸在水里，而且我们发现自己不能掌握筏子的航向，只能听任河水把我们漂送到任何地方去。

我们就这样又饥又冷地飘了一天，到天黑时，我们必须游到岸上去。正当我们等待弃船游泳的机会时，突然，一个三脚机器人出现了。它那金属脚一踏进河水，立时激起了巨大的水柱。一条长长的钢爪子弯曲地伸下来，击中了我俩之间的筏子。本来不结实的木板，一下子被打成碎片。一眨眼工夫，我们已经掉到水底去了。

当我再浮上水面时，发现那个三脚机器人已经走开了，我想它只不过是为了闹着玩的！我抓住漂在附近的一块木板，又找到了江波儿，然后我们一起向岸边游去。

我的胳膊越来越感到疲劳，河水也似乎变得越来越冷，越来越猛，我甚至都辨不清自己是向哪里游了。后来有个东西击中了我的头部，我失去了知觉，直到有人把我拖到干燥的陆地上，是江波儿救了我！

当我们站起来向一边树林走去时，我突然发现有个人正站在林子边，观察着我们。他是个瘦长个子，头发很长，衣服皱巴巴的，像个流浪人似的。

他把我们带到他的家，很好地招待了我们。那真是个温暖而舒适的地方！汉兹，这是他的名字，并没有像我猜的那样询问我们的各种问题，他只是让我们明天到小岛的另一头去伐树。

第二天，我们吃过早饭就动手干活了。那些树很大，而且根扎得也很深，所以当汉兹中午回来的时候，他对我们干的成果并不满意，他要我们把活留到明天再干。我们明白，不等我们把这活全部干完，汉兹是不会放我们走的。而要赶上竞技大会，我们就必须马上弄一条船。

这时，我和江波儿都想到了汉兹放在小岛东边一个小河湾里的那只小船，为了完成我们的任务，只好决定偷走汉兹的小船了。

我们动身穿过树林，一口气朝小船跑去。江波儿爬进小船，抄起了双桨。我动手去解系在树上的绳索。正在这时，汉兹从树林里冲了出来，在这危急时刻，我终于拉开那根绳结，跳进了小船。湍流立刻把我们带到了汉兹不能再追赶的地方。

就这样，我们一路顺流而下，终于来到了举行竞技大会的地方，厄康宁号也在那儿。

这儿的土地是平坦的，温暖的和风轻轻地吹着，人们说："这是为竞技会才特有的好天气。"

第二天早晨，我们初赛成功。

次日清晨举行了开幕式。

经过几天激烈的角逐，我和弗里茨取得了优胜，而江波儿却落选了。

在最后一天的竞技大会闭幕式上，我和江波儿告别。"我们很快又会见面的，"我说，"在白色的群山中再见。"

我希望我们会做到这一点，不过我的希望是微弱的，因为从没有人从三脚机器人的城市回来过。我一想到这点，双腿就颤抖个不停。

优胜者有30多人，六个人一组，我看到弗里茨在第一组里面。他们朝最近的一个三脚机器人走去。当他们走到三脚机器人跟前时，它的一只长长的金属胳膊就慢慢地下来，它身体的边上有个洞就张开了。那只长胳膊轮流地把他们抓起来，放进那个洞里。

我想起了在一次从三脚机器人的魔爪中逃跑时，我曾经干掉的那个三脚机器人上面的大洞。我把一只金属"蛋"扔了进去，"蛋"爆炸了，我才逃出虎口。然而如今我没有那种蛋，而且为了我们的任务我也一定不会去打它。

当我等待着被抓起来的时候，我的心脏剧烈地跳动着。"如果我发抖，"我想，"那只胳膊就可能感觉到，那么我就会明显地跟别的孩子有所不同。说不定它还会觉察出我的思想。"于是我竭力抑制住自己，尽量去回想在家时的情景。

这时，一条胳膊把我抓起，那扇门打开了。它把我关到里边，给我装上了一只键钮，然后就松开了我。

三脚机器人的身体大约有50英尺宽。不过我们是在它里面的一个小房间里。门周围的墙壁是成曲线弯曲的，而且装有厚厚的玻璃窗，其他的墙壁则是笔直的。在一面墙上装有另一扇门，那门是关着的。

这时，那扇大门自动关上了。接着我觉得脚下的地板在移动：我们前往那个城市的旅程开始了。

透过玻璃窗，我可以看到曾在那儿欢宴过的城镇，可以看到对面的那条大河，接着就是一眼看不到边的一片废墟。

三脚机器人的城市就在废墟边缘地带的远处。那座城市就像一个巨大的金指环，顶着暗灰色的天空。城市上面好像覆盖着呈曲线形的绿玻璃顶棚，就像一个庞大的气泡。那城墙有三脚机器人三倍那么高，但城墙好像完全是平滑陡直的，没有门，也看不到入口。

在一个地方，有条河从城墙下面流出来，接着它就朝着我们后边那条比较大的河流去。

当我们再走近一点时，城墙上现出一块狭窄昏暗的空隙，原来这就是门。三脚机器人就从这儿走了进去。

我们那个三脚机器人一走进那座城市，我就感到好像有一种强大的力量打中了我身体的各个部分。我一下被打倒在地，那地板好像一个劲儿地把我往下拉，我的四肢如同灌铅般的沉重。

当我和其他孩子费了好大劲才站了起来时，我看见他们脸上并没有显出不愉快的样子。那大概是因为他们的思想通过那个机器帽子受到了三脚机器人控制，因此他们对任何事情都不会表现出反抗。

时间静静地等待着，那儿的一切都是寂静无声的、沉重的，而且一切都带有绿色。最后，那扇大门自己开了。一条金属胳膊伸了进来，把我们一个一个地拎了出去。

我发觉自己已经到了一个大厅里。当所有的孩子都从三脚机器人里走出来后，一个机器的声音对我们说，让我们跟着蓝光走。

那束蓝光是从我那个三脚机器人背后一个小门上边射出来的。我们跟着它穿过一个小房间，来到一个更小的门厅里。那坐着一排穿短衣服的老头，其中的一个走向了我。他把我领到一小堆东西前，那有一些短衣裤和鞋子，还有一种我不认识的东西。他告诉我那是防护面具。要是我们不戴防护面具去呼吸，我们就会死亡。

那种防护面具看上去像是玻璃做的，透过面具可以看到外面，但它比玻璃更轻更软。

他帮我把面具戴好。在交谈中，当我得知这个瘦骨嶙峋、疲惫不堪的病弱老头竟是个十几岁的孩子时，我不禁大吃一惊。

我们走出门厅，进入一个小房间，门在我们背后关上了，接着好像有一股强风吹了进来。空气以一种奇特的方式改变了，普通空气被推挤出去，主人们那种空气替换了进来。

几分钟后，风止住了。另一扇门打开了，我们走了出去。外面的热浪突然使我感到好像被打了一下，空气太热了，以致使人很难呼吸。不过，慢慢地我习惯了这种空气。

这座城市在我们面前扩展开去。城里的道路都是高高低低，呈曲线伸展到远处。大气密度很高，而且是绿色的。城里的建筑都呈金字塔形，几乎完全没有房顶。

我们沿着小路来到一个金字塔房子里。我们每个人都分给了一个被隔开的单间，在那儿，我们要等待我们的主人。

不知过了多久，我们的怪物主人来了。

它们有人两倍大，身体下宽上窄，头和躯体之间看不见脖子。它们有三条肥肥的短腿，三条像章鱼触角般的胳膊和三只眼睛。它们的皮肤是绿颜色的，只不过深浅程度不同。

当其中一个怪物开口对我说话时，我感到了一种新的恐怖。那句话好像是从它嘴里说出来的，可它的嘴仍旧闭着，在"嘴"的上边一个洞孔倒是开着。它用一个触角擦过我的皮肤，就像一条蛇在上面游动，我差点吓得浑身发抖。

看来它对我不满意，一句话不说就走了。以后又来了几个主人，但也没有选中我。我坐在地板上，心里很不愉快。

这时，又一个主人来到我面前，它仔细检查了我的身体，又让我走给它看。最后，它把我带走了。

我们坐车来到一个大金字塔形建筑前，上上下下走了一段路，才走进一个小房间，然后来到它的家门口。它的房间大约20英尺高，地板当中有个水池，从水里正冒着蒸气，那是它们休息的最好场所。

弗里茨和我都热切地盼望着我们能尽快相见，但这种可能性很小，因为我们俩的怪物主人的爱好不一样，这令我很失望。

不过，球赛差不多是所有的怪物都喜爱的。当它们观看比赛时，我们就可以到奴仆栖息所休息。在那里，我第一次见到了弗里茨。

弗里茨现在很瘦弱，背上还有许多长长的红色伤疤。他告诉我他的主人以抽打他、听他的喊叫为乐。同时他还告诉我许多他发现的秘密。

他发现那个为怪物的车辆提供动力来源、控制和调节怪物主人的空气，并对我们产生重压的那台机器就藏在第914号小路通向的地底下；他还发现了河水流进这座城市的那个地方；他甚至还到过"幸福死亡场"。

在这个城市中，奴隶们通常只能活一两年，然后他们就自己走向"幸福死亡场"。他们立在一张金属板的一个特殊位子上，亮光一闪，他们就倒地死亡。接着金属板就向墙里移动，把尸体带进一个洞里，洞内的烈火就会将尸体完全烧光。但是这些奴隶们是快快活活死掉的，因为他们为曾经替怪物主人服务过而自豪。

我仔细地听完了所有这些话，开始为自己感到惭愧。我决心不再考虑自己的安危，要做出艰苦的努力，去发现怪物主人的秘密。

我在自己的怪物主人家里的任务，并不是十分困难的。我必须打扫房间，为它准备好饭食，必须在浴池里放满水，并为它叠被铺床。

不过，我并不仅仅是我的怪物主人的奴仆，我也是它的一个伙伴。它时常问我许多有关外面世界生活的问题。我不能向它吐露真情，所以就替自己编了一种生活经历，它听得倒也津津有味。

第二天，我把怪物主人的提问告诉了弗里茨，他鼓励我要促使我的怪物主人多说话，这样它就可以把更多的关于这座城市的情况告诉我。弗里茨还说，怪物们常吸食的那种气泡里，装有一种特别的油，当它受到挤压时，就会有一种暗红色的气体散发出来。那种气体就像烈性酒一样会使怪物主人兴奋。所以只要我多让我的怪物主人使用气泡，它的话就会多起来。

第二天，我的怪物主人病了。我们一从它工作的地方回到家，它就坐到那个小水池里去了。它一连吸了三个气泡，开始说起话来，但我听不大懂。

当第三个气泡吸完了时，它对我说："再拿个气泡来，孩子。这次要跑得快一点。"

等我回来时，它已经爬出了水池。接着，它伸出两条触角，突然一下子把我提起来，抓到空中，第三条触角则从空中弯曲着穿下来，猛烈地从我背上擦过去。我咬紧牙关，忍住不叫喊出来。

它不停地抽打我，不知打了多少下。后来我听到一声吼叫，我就晕了过去。

当我恢复知觉清醒过来的时候，我的主人又按铃叫我了。不过这次它并没有打我，而是用一只触角立刻把我抱起来，另一只触角轻轻地在我皮肤上揉擦着。"你是一个奇怪的孩子。"它说："我选中你的头一天，我就发现了这一点。"

它的话使我心里充满了恐惧，幸好，它并没有检查我头上的机器帽子是否出了故障。

它放开我，问道："什么是朋友啊，孩子？"

我对它讲了我和表哥杰克的事，只不过窜改了许多细节，我的怪物主人很仔细地听了。

"我在你们的一本书里读到过：'他唯一的朋友就是他的一条狗。'这会是真的吗？"它又问。

"那可能是真的，主人。"

它的一只触角开始弯曲着一上一下地摆动，这表示它很快活。"孩子"，怪物主人说："你将是我的一个朋友。"我竟然成了它所宠爱的一条小狗！

我的怪物主人生了好几天病，没有去工作。它只是坐在水池里，使用许多气泡泡，跟我谈一些我通常不大理解的东西。但是，有一天傍晚，它竟然跟我谈起了怪物主人是怎样征服了我们的世界的。

那是一百多年以前，怪物们乘着巨大的宇宙飞船来到地球。但地球的空气它们无法呼吸，于是它们像月球似的围着地球转了好几年，对它进行了仔细地侦察。它们发现地球人有强大的武器，因而它们只能用另外的方法去控制和操纵人们的思想。

那些怪物主人把自己的一套影片图示插入电视放送出来，通过这些图像，它们就能深入到人的眼睛里，从而控制人的思想。它们让人睡着，接着就给人下命令，使他们走向在一些重要地点着陆的上百艘小型宇宙飞船。怪物们给这些人戴上机器帽子，完全控制了这些人，从而也就控制了这些人所掌握的最大的战争武器。于是，第一艘巨大的宇宙飞船着陆了，这个可怕的城市也就建立起来了。

当然，没有戴上机器帽子的人也曾继续过战斗，尤其是那些还未戴上机器帽子的孩子们。"不过，我们的伟大计划差不多就要完成了。没多久就不再需要给人戴上机器帽子啦。"

可惜，我的怪物主人并没有继续说下去。

过了一会儿，它再次抚摸着我的身体，我努力装出快活的样子。

"我曾经读到过，人会为他们的狗去搞一些东西，努力要让他们的狗高兴。有什么东西会使你高兴的吗，孩子?"

我想了一会儿，说："我喜欢去看一看你们城市里奇妙的东西，主人，那会使我快活的。"

令我吃惊的是，它竟然答应了我的请求，它甚至带着我跟它一起看这座城市。

在这之前，我一直感到怀疑，为什么城里的奴隶全是男孩子，每年赛会上的皇后都要被送去服侍怪物主人，但她们在哪儿呢？直到有一天，我的怪物主人把我带进了美人金字塔，我才看见她们。

这里的大厅里摆着一排排玻璃箱子，在每只箱子里，都有一个漂亮的姑娘躺在那儿。

"她们就放在这儿，为的是主人们可以来欣赏。那不是挺美妙的吗，孩子？"

我强压住怒火，十分困难地回答了它。

日子就这样一天天地过去了，而我感到越来越疲惫，越来越衰弱。有一件事特别使我感到疲惫。我那怪物主人喜欢抚摸我的身体，作为回报，我也必须用一种金属丝刷子搔抓它的身子。

有一天下午，正当我给它搔抓时，我滑倒了。它在同一刹那间转过身来，我那金属丝刷子碰到了它的嘴和鼻子之间的皮肤。只那么轻轻一下子，却使它暴怒起来。它举起两只触角将我打翻在地，接着，它又把我扶了起来。

"决不能去碰我的嘴和鼻子当中那个地方，否则你会严重地把主人弄伤。在那个薄弱点上打一下，甚至可能会把一个主人害死。"

它很快原谅了我，半小时后，它放我走了。

几个星期以来，我一直用刷子上的金属丝蘸主人食品中的黑色汁液，在一本古书的空白处做笔记，我要记下我知道的所有的秘密。

当然，我也把我所发现的秘密告诉弗里茨。后来好几天我没有看到他，一个奴隶伙伴告诉我说："他的情况不好，已经进了奴隶医院。"

在奴隶医院里，我找到了弗里茨。我们商定，无论如何都要有一个人活着回到白色群山去。

怪物主人们已经学会了我们的语言，在它们的眼里我们的风俗习惯是愚蠢的，但我的怪物主人却总要问我许多问题。它与别的怪物主人不一样，尤其是吸食那些气泡后会使它变得更加和善。

一天，当它吸了三个气泡后，便开始跟我讲它们的那项伟大计划了。它说，在地球上它们不戴防护面具是活不成的，因此，为改变地球上的一切，它们已对地球的空气和水进行了研究。怪物们造了一些巨大的发动机，并将把它们安装在地球上上千个不同地点。它们会慢慢改变整个地球的空气，使空气密度增大，变成绿颜色，太阳光通过绿色的空气不会照耀得那么亮，那么地球上的空气就会变得和这个城市里的空气一样了。到那时，地球上的一切生物都将死亡。更可怕的是，那艘大型宇宙飞船正在途中，上面运载着改变地球的东西。四年之内，那艘飞船就会飞到这里了。而我们要向怪物发起进攻，则需要比四年更多的时间。突然，时间变成同怪物主人本身一样危险的敌人了。

第二天，我把有关那项计划的情况告诉了弗里茨。我们考虑再三，决定利用那条穿过城市的河逃走。

就在四天以后，发生了一件事。

我的怪物主人派我去拿一些油脂，但当我回来时，它正坐在屋子的一个角落里。它用一只触角捉住了我，然后从背后拿出一个东西，那就是我做了笔记的那本书。原来它为了给我一个惊喜，让我的栖息所更舒服一点，于是就戴上防护面具，走进了我的房间，发现了这本书。

现在它开始对我的机器帽子产生怀疑了。如果它们发现了我们的秘密，那么弗里茨也会被抓住的。我的头脑里充满了极度的恐惧。

怎么办呢？我盯着我的怪物主人，突然我有了一个主意。

我说："主人，我可以把我那顶机器帽子上的毛病指给你看。请把我拿得靠近一点。"

那只触角把我朝它移近了。我距离它的脸只有两英尺远。我用左手指着我那机器帽子的一部分，把它的眼睛从我的右手上吸引开了。接着，我使足力气，一下子击中了它的薄弱点。它发出一声可怕的吼叫，跌倒了。我走过去摸摸它的触角，那儿已经感觉不到血液的流动了，我断定它一定是死了。

我把这个情况告诉了弗里茨，他说："要防止它们看出来怪物主人是一个戴上机器帽子的奴隶杀死的，就必须找一个解脱的办法，让它看起来是由于偶然的不幸事故而死的。"

接着，弗里茨跟我来到了我的怪物主人的房间。我们拉着它的触角把它一寸一寸地拖到池塘里，然后拿来半打气泡，把里面的气体挤压出来，并把那些空的气泡扔在池塘四周。弗里茨甚至还爬到水里，把一只气泡固定在我那怪物主人的脚上，让它看起来好像是突然滑倒了。

干完之后，弗里茨和我约定，晚上一起去搜寻那条河。

弗里茨走后，我拿了两只小瓶，离开了自己的栖息所。我从池塘里把一只小瓶装满水，另一只装上了怪物主人的空气。我把它们和我的笔记一起藏到了防护面具里。

然后我来到弗里茨那儿的公共栖息所和他会合。这时，外边已经黑下来，只有微弱的绿颜色光线在街灯四周闪烁着。为了避免怪物主人的怀疑，我和弗里茨一前一后地单独走路。每时每刻我都担心自己会被哪个怪物主人盘查起来。

我转过一个拐角，看见弗里茨和一个怪物主人在街灯下谈话，我恐惧地发起抖来。后来，我看见那个怪物主人又继续朝前走了，原来它只是想让弗里茨带个口信，后来才发现认错了人。我们俩都松了一口气。

即使是在微弱的绿色街灯下面，城墙的墙面上也闪着金光。城墙的顶部在我们头上很远的地方。城墙的每一边都呈曲线插入黑暗的天空。

我们已经靠近那条河了，它一定是在地底下穿过一条通道流出去的，但我们找不到通路。

　　有几次，我们发现了通到下面某些地方去的台阶。但有些是贮藏东西的洞穴，有的地方机器正在运转。我们一无所获，只好往回走。

　　天渐渐地亮了，我们累得厉害，于是就地躺了下去。忽然，弗里茨用一种激动的声音说："威尔，你听!"

　　我趴在地上，仔细倾听起来，果然，我听见了一种细小的潺潺的流水声，我们终于发现了那条河!

　　我们试过各种各样通到下面去的台阶，但到头来全是静寂的洞穴。时间流逝过去，清晨已经来临。后来，十分突然地，我们来到了那条河的地方。有个狭窄的通道，从一个洞穴后面通出去。在远处尽头的地方，河水就从一个洞孔里流了出去。它形成了一个大水池，池塘对面，城墙平滑的金子墙面露出在水面上。

　　河水一定是从城墙下面流出去的! 弗里茨要我先离开，三天之内，他会假装病得很厉害，以致不能再干活了，然后他再告诉他的奴隶伙伴们，说他打算到幸福死亡场去。他会一直等到天黑，然后从这儿逃出去。

　　说完，他帮我盖好防护面具上的气孔，我和他告别，然后深深地潜游到池塘的水里去了。

　　跳进池塘后，我一直往下沉，不知过了多长时间，我碰到了一个洞，水流把我拖进洞里，河水的流速更快了。当我不得不换气时，我稍微呼吸一下。但这时我已是在呼吸废气了，我的脑袋疼起来，血液在里面剧烈地搏动着。我想：这下全完了，我没有希望了。

　　然而就在这时，前边出现了亮光，微弱的光线慢慢变得亮了起来。是白颜色的光线，而不是绿色的。我拼命地朝上游，终于又见到了阳光。

　　我试图解开防护面具，但我的手指一点力气也没有，我窒息地昏厥过去。

　　有谁叫我的名字，那声音好像离得很远。我睁开眼睛，是江波儿!

　　江波儿告诉我，当我和弗里茨被带走后，他就划着汉兹的小船到这儿来观察那个城市。他发现那城墙上既没有门，也没有窗子，然而那条河上却经常漂着一些奇奇怪怪的东西。他想，我和弗里茨也一定能像这样跑出来，因此他每天盯住这条河，直到发现了我。

我对江波儿讲了弗里茨的事，然后我们在那儿等了三天，接着又等了三天，直到第12天，下了一场暴风雪，我们只好赶在大雪封山之前回去了。

我们带着那座城市的秘密，去送给朱利叶斯和其余的人。首先，我们要帮助制订反对怪物主人的战争计划；接着，我们就会回去，把它们和它们的城市摧毁掉。

（艾力　缩写）

黑　箭

〔英国〕史蒂文生　原著

一个暮春的下午，吞斯脱尔村莫特堡的上空突然响起了一阵警钟，战争马上就要开始了。这钟声正是但尼尔·布雷克莱爵士招募人马的声音。

但尼尔爵士的被保护人理查德·谢尔顿（狄克）和他的好友贝内特·哈奇站在圣林修道院的礼拜堂前，满意地看着聚集在那儿的20来个人马。突然教堂墓地的紫杉林中闪过一个人影，转瞬间就在森林的边缘消失了。

"我发觉这张字条钉在礼拜堂的门上，神父。"一个人说着把纸条连同一枝箭交给奥利佛爵士。

那是民间组织黑箭党人对贵族老爷们的警告书，指名道姓地宣布了几个人的死刑，其中就有哈奇和但尼尔爵士。狄克奇怪地望了一眼"黑箭"，这是个不祥的预兆。

奥利佛爵士把一个密封的小包交给狄克，要他速呈但尼尔爵士。狄克把小包放入外套口袋里，向凯特垒出发了。

此时的凯特垒中，但尼尔爵士正紧挨火炉坐着，离他稍远一点的地方，有一个约摸十二三岁的小孩。他的衣着是男式的，但实际上却是个漂亮的姑娘，但尼尔把她抢来，正准备把她嫁给狄克。

第二天凌晨，浑身沾满泥污的理查德·谢尔顿出现在但尼尔的面前，把那封信交给他，"先生，赖辛汉爵士遭到惨败，现在正迫切需要您呢。"

"什么？遭到惨败？"但尼尔爵士大声地说："这种时候正应该按兵不动才是。战争是个鹬蚌相争，渔翁得利的好机会，我们要再等等看。狄克，你赶紧把饭吃了，我还要让你送封回信呢。"说着，爵士走开了。

这时候，狄克正狼吞虎咽地吃着早饭，觉得有人碰了他一下，接着一个非常细小的声音传入耳中，"请你千万别露声色，我只求你告诉我到圣林修道院的去路就行了。"

"沿着靠风车的那条路走，"狄克也悄声答道，"它一直通到铁尔渡口，到那儿后你再问路。"

狄克连头也没回，但他的眼角却瞟见一个小伙子悄悄地溜出了屋。

半小时后，狄克带着回信向莫特堡出发了。大约又过了半小时，赖辛汉伯爵的使者带来一个消息，他们的军队现在已扭转了战局，希望但尼尔爵士能给予援助，以期取胜。爵士立刻跨上了马背，做好出发的准备。但就在这时，他发现那姑娘踪迹皆无。

"见鬼，她值五百多英镑呢。塞尔登，你赶快调出六个射手，把她找回来。现在，使者先生，我们走吧。"

再说狄克，当他在归途上经过沼泽地时，已经是早晨6点钟了。沼泽地中的小路越来越陡，突然从堤上传来呼唤他名字的声音，那个年轻人从芦苇丛里探出头来。"谢尔顿少爷，我是约翰·麦青，我现在迷了路，马又陷入沼泽地死了，我诚心诚意地恳求您能帮助我。"

"好吧，你骑我的马，我跟着马跑，等我累了，我们再换。"狄克慷慨大度地回答。

就这样，他们走过沼泽，来到铁尔河畔撑船人的小屋前。撑船人将他们带上船，但叮嘱狄克要搭弓上箭，做出威胁他的样子，这样他才能把他们偷渡过去。因为这儿的沼泽英雄约翰是但尼尔爵士的死对头，他是绝不会放过谢尔顿少爷的。

　　小船快到一处长满柳树丛的河岸时，河中的一个小岛上突然传来一声响亮的吼叫声，不幸得很，他们被约翰发现了！麦青和狄克吓得仓促上岸，然后背着河道，拼命地奔跑。

　　没过多久，他们发现地面渐渐高了起来，不一会儿，他们来到一片坚硬的草地上。稍作休息，狄克和麦青开始走上吞斯脱尔的森林高地。当他们刚走进一块林间空地时，狄克突然把身子扑倒在荆棘丛中，接着慢慢地往后爬向小丛林隐蔽。麦青被弄得莫名其妙，不过依旧模仿着同伴的动作。直到他们爬到丛林的跟前，狄克才说明了这么做的原因。

　　原来在空地遥远的尽头的一棵大枞树上，有一个穿绿色粗布短外套的男人正向四周侦察着。麦青和狄克小心翼翼地向山脚下走去，不久便来到一处废墟前。在两根倒下的橼子后面，他们蹲伏下来。

　　距他们不到30英尺的沟边，聚集了20几个彪形大汉，正吵吵嚷嚷地说着什么。忽然一支黑箭射到废墟的烟囱上，接着，荆棘丛中跑出一个人。"来的正是但尼尔爵士！"这人喘着气说："他们一共七个人。"

　　"伙计们，现在你们都知道自己的任务了。"一个领头的人说，"我发誓要为哈利·谢尔顿和我——埃利斯·达克沃思报仇！"

　　"哈利·谢尔顿，那是我的父亲呀？这究竟是怎么回事？"狄克困惑不解。"不管怎样，但尼尔爵士把我抚养成人，我不能背信弃义。"说着，狄克便向那伙黑箭党人离开的方向追去。

　　他们刚穿过一片灌木丛，麦青突然碰了狄克一下，又用手指了指。狄克发现下面山谷中的小路上，有七顶头盔在闪光，那是塞尔登和他的伙伴们。当这一小队人马来到一块灌木丛生的地方时，突然乱箭齐发，路上立时横七竖八地躺满了人马的尸体，而袭击者始终没有露面。

　　"塞尔登，上这儿来！"为了救他的朋友，狄克忍不住跳了起来。就在这时，两支利箭射中了塞尔登。

　　"可怜的人儿。"狄克呆立在小山上。

袭击者发现了在他们阵地背后的狄克，"抓住小谢尔顿，要抓活的，他是哈利的儿子。"一个洪亮的声音喊道。

狄克如梦方醒，转身和麦青向原路奔去。

天渐渐黑了，过度的疲乏使他们在一处干燥的沙坑里躺了下来。不多一会儿，睡梦像云彩似的笼罩了他们，于是他们就在露水和星光下，安然入睡了。

天空发白时，忽然一阵断断续续的铃声传入他们的耳鼓，那声音响彻在寂静的清晨中，好像就在附近。他们一骨碌坐了起来，向四周望去。

就在离坑不过几百码的小路上，出现了一个白色的人形。定眼细瞧，只见他整个头部蒙着一块白头巾，连眼孔都没有留出，手中拿着一根手杖在摸索着走着。两个年轻人不禁害怕起来。

"是个害麻风病的！"狄克哑声地说。

当那个瞎子走到差不多要跟那坑并齐的时候，他突然停住了，把整个脸转向他们，不知是听还是在看。接着又继续向前走，没过多久，他又停住，转过头来，狄克和麦青吓得脸色惨白。可是不多一会儿，那人就在灌木丛中消失了。

狄克和麦青于是也马上动身，不一会儿就来到一个小圆丘的顶上，猛然发现那个患麻风的正在他们前面不远处。他的铃铛不响了，手杖也不点地了，跟亮眼人一样，连他的脚步也变得轻捷、踏实了。两个年轻人吓得立刻蹲到一簇金雀花的后面，心怦怦地直跳。

突然，那个患麻风的大吼一声，径直扑向他们。他们一面叫喊，一边向不同的方向逃走。可是麦青还是落到那个可怕的蒙面人手中，麦青尖叫一声，昏了过去。狄克听到叫声，回过头来，他一看到麦青倒了下去，立刻恢复了勇气和力量，他愤怒得拈弓搭箭，张弩就射。

"不许放箭，狄克！"一个熟悉的声音喊道。

那人放下麦青，拉下白头巾，露出了他的真面目。

"但尼尔爵士！先生，你干吗这副打扮呢?"狄克吃惊地嚷道。

"这副打扮？我们在战场上吃了败仗，为了躲避黑箭党的耳目，我只得如此啊，人们见到患麻风的总是唯恐避之不及，我是怕暴露自己呀。现在我先走一步，你们两个马上回到莫特堡来。

莫特堡是一座长方形建筑，四周是护城河，上面只架着一座吊桥。防御可以说是较完备的，但"黑箭"的恐怖却使那儿的士兵惶惶不可终日。

来到莫特堡后，狄克一直对父亲的死感到怀疑，尤其是听到黑箭党人的话，更使他迷惑不解。一天，他鼓起勇气对但尼尔爵士说："爵士，我父亲去世时，我还是个不懂事的孩子，我听人家说，他是被人害死的，而且您还插了一手，是吗?"

但尼尔爵士死死地盯住狄克，说："我可以起誓，对你父亲的被杀，我既没有参加，也没有预闻。"

"啊，我真是一时糊涂，竟对您起了疑心，原谅我吧！爵士！"狄克说着把头转向神父，可话没说完就怔住了。只见神父面色苍白地瘫坐在椅子上，痛苦的眼神充满了惊恐和懊悔，和以前完全变了个样儿。

狄克的疑团又复活了。

神父和但尼尔爵士匆匆地离去，狄克却像扎根似的站在原地。他猛一抬头，发现墙壁上部挂着一幅织着非洲猎人的绣帷。令人吃惊的是，那非洲猎人竟用白色的眼皮对他眨巴了一下，接着又是一下，然后不见了。警觉告诉他：这是监视他的眼睛！

霎时间，狄克意识到他处境危险。

正在这时，一个当差传来但尼尔爵士的命令，让狄克马上搬到经堂上面的房间里去。狄克怀着不祥的预感跟着那人走了。

狄克的新居是个又大又黑的房间。他首先检查了房间的四周，并没有发现什么异常。但他还是准备好武器，将自己安顿在门后的角落里。不一会儿，门上传来一阵扒抓声，并伴有低低的说话声："狄克，狄克，是我啊！"

狄克奔到门边，将麦青放进来。"就在这两天时间内，他们要谋害你，是我亲耳听到的呀。"麦青焦急地说。

"是真的吗？我早料到了。"狄克回答说。

就在这时，楼下传出一阵轻柔的脚步声，接着，一缕光线霍地从房间那一头的板壁里透了出来，渐渐地放宽，一道活动暗门开大了。他们看到一只粗壮的手，正把活门往上推。

就在这千钧一发之际，城堡里突然传出一阵叫喊声："琼娜！琼娜！"这突如其来的叫声使那个凶手惊惶失措，活门又悄悄关上了，接着是急促的脚步声，渐渐地消失在远方。

"琼娜！这鬼东西是谁？这是什么意思？"狄克问道。

麦青起初没有作声，接着抽泣起来："狄克，让我出去吧，他们找到我时，你也许可以趁机逃走，放我出去吧！"

狄克此时才把事情弄清楚。"不，琼娜，你是天底下最好、最勇敢的姑娘，不论我是死是活，我都爱你！"

门口传来杂乱的脚步声，接着便有一只拳头在门上使劲敲着："快开门，我们知道她在里面！别装蒜了。"

狄克没作声，他和琼娜一起把屋里那粗大的橡木床抵在门口，然后抽出宝剑，将暗门挑起，暗门下露出几级台阶，台阶前放着一盏明亮的灯，这是刚才那凶手留下的。

拿起灯，狄克和琼娜沿着过道尽头的一条岔路走了下去。那路非常狭窄，一路上尽是连绵不断、高高低低的小梯子，两边墙壁也又湿又粘。"我们一定是走到土牢里来了。"狄克说。

不久，他们便来到了一个尖锐的转角，小路在那里终止了。台阶顶端有一块类似活门的石板，用背推了一会，竟纹丝不动。

这时过道里响起了沉重的脚步声，哈奇出现在过道的尽头。"原来你在这里，"哈奇说道："现在我去回复但尼尔爵士，要想活命，你最好在我回来前逃出这儿。"

"我开不开那扇活门呢。"狄克说。

"把手伸到那个角落里，你就能找到机关了。"说完，他转身离去。

狄克马上把手伸进活门一角墙上的凹陷处，在那儿摸到一根铁条，使劲地把它推上去，那石板立刻沿着门框上升了。

狄克和琼娜回到原来的房间。狄克将拴在木床架上的一根绳索探出窗外。这根绳索是但尼尔爵士的使者外出送信，从窗口滑下时留下的，现在刚好派上了用场。

这时，房门被拉开了，一群人涌了进来。情急之下，狄克抓住绳子，滑了下去，掉进了护城河。这声音顿时引起守卫的警觉，因此当他爬上河岸时，冷不防被后面飞来的箭射伤了。更令他心碎的是，心爱的琼娜姑娘没能逃出敌人的魔掌。

狄克含泪望了一眼夜幕笼罩下的城垒，挣扎着钻入森林，恰巧碰到了已被吊死的那个送信的但尼尔爵士的使者，他的胸前露出了但尼尔爵士写给温斯利戴尔伯爵的信。狄克将信揣在怀中，转身穿过森林。

没想到在他精疲力尽之时，被两个黑箭党人捉住，带回了吞斯脱尔村。

自从狄克逃出他保护人的手掌那天起，已有好几个月了。这几个月内，国内形势发生了巨大的变化，铁尔河畔小小的肖尔贝城里，竟住满了爵爷贵族们，其中赖辛汉伯爵、肖尔贝男爵、但尼尔爵士等都在这里。

一月初的一个阴冷的夜晚，狄克接到报告，说但尼尔爵士和肖尔贝男爵在海边的一所别墅里见面了，狄克也连忙带人赶了过去。

在别墅一间亮灯的房子里，狄克透过窗子又见到了他心爱的姑娘——琼娜。

当狄克重新跳出高墙时，没想到竟遇到了福克斯汉男爵。他曾是琼娜的保护人，但后来但尼尔爵士将琼娜抢了去，这使他大为恼火。正因为如此，福克斯汉男爵发誓，一定要让狄克重新得到琼娜。他们约定要对但尼尔爵士发动一次大胆的进攻，将琼娜抢回来。

事情并非像想的那么顺利。但尼尔爵士已对别墅加强了戒备，狄克只好从海上想办法了。

狄克的伙伴法外人骗得一只名叫"好运号"的小船，狄克马上带领十几个人出发了。

防波堤离琼娜住的屋子并不远，可士兵们一上岸，马上就有一阵雨点般的乱箭，透过黑暗射了过来。刚踏上防波堤的士兵立时乱作一团，纷纷退回到小船上。进攻失败了，福克斯汉男爵也受了伤。在颠簸的小船上，男爵交给狄克两封信，一封是给约翰·汉姆雷爵士，另一封是给理查德·格洛斯特公爵。

天色破晓时，狄克和他的伙伴上了岸。兵分两路，一队人将男爵抬回圣林修道院，狄克则和老法外人向肖尔贝进发了。

他们在森林里大约走了一英里路光景，跟随他的法外人突然高兴起来。"理查德少爷，如不嫌我出身低微，请到我家里来做客吧。"

"家？"狄克感到很奇怪。法外人蛮有把握地在前面带路，不一会儿就来到了一个险峻的地洞前，洞口的四分之一已积满了白雪。洞内倒真是温暖而舒适。

"狄克少爷，你是不是想立刻得到那美丽的小姐？"

"是的，可她目前在但尼尔爵士的家里呐。"

"那么，看我的吧。"法外人说着便打开一个箱子，取出一套修士衣服让狄克穿上，又用油彩在狄克的脸上画了几笔。转瞬间，狄克就变成了一个地道的修士。"行啦，等我也化完妆，我们在人们眼里就是一对快乐的修士了。"

这天很晚的时候，一老一少两个修士来到肖尔贝。不用说，我们也知道他们是谁。但尼尔爵士的住宅里，一片喧闹，不管什么客人都受到骑士的款待，这在当时是很流行的。

老修士一来，就加入了其他人的闲谈中，只有那年轻的修士一直将眼睛盯住房间的每一个入口。终于一小队人进来了，为首的是两个贵妇人。狄克溜出廊房，偷偷地紧跟着那两个贵妇人上了楼。

到了三楼，两个贵妇人分开了，年轻的那个继续上楼，年老的则走向右边的走廊。

狄克飞也似的上了楼，躲在墙角里，探头瞅着那年老的贵妇人。突然，一只手抓住了他的肩膀，狄克猛一回身，发现攻击他的人竟是那个年轻的姑娘。

狄克向她说明来意，姑娘马上把他拉到楼上的一个房间里。她是琼娜的好友，赖辛汉伯爵的侄女——爱丽茜亚·赖辛汉。在她的帮助下，狄克终于又见到了琼娜。

对相爱的人来说，时间总是那么无情。不知不觉中就到了吃饭的时间。爱丽茜亚将狄克藏到两块壁毯拼起来的地方，然后和琼娜下楼去了。

狄克在那儿没待多久，就听到一种奇怪的骚扰声，接着一个矮小的暗探挤进了房间。他像老鼠一样搜遍了整个房子，终于从灯芯草堆里捡起一件东西，那是狄克腰上的璎珞。

这时法外人醉醺醺地闯了进来，他一见狄克立刻扯着嗓子，高叫着他的名字。那探子转身便跑，狄克立刻掀开壁毯，和他扭作一团，最后还是狄克挥动着匕首，结果了探子的性命。

从探子的荷包里，除璎珞外，狄克还发现一封肖尔贝男爵写给温斯利戴尔爵爷的信，这封信确凿地证明了肖尔贝男爵私下里跟另一派人通信。用现在的话来说，他是个叛徒。狄克高兴地将信揣入怀中。嘿，说不定以后还真有用哩！

在这场激烈而又迅速的战斗中，法外人始终袖手旁观，直至最后，他才恢复了几分理智，他看了狄克一眼，转身跟跟跄跄地下了楼。狄克又回到原来躲避的地方。

不多一会儿，但尼尔爵士的几个客人陆陆续续地上了楼，接着便是乱哄哄的喊叫声。

"这是我的人，我丢了一封万分重要的信，如果我能抓住那个偷信人，我一定要把他绞死。"肖尔贝男爵咬牙切齿地说。

院内加强了警戒，探子的尸体也被抬到修道院的礼拜堂里。待一切恢复了原有的安静后，琼娜和赖辛汉小姐重新回到屋中。"我打算冒一次险，就这样大大方方地走出去，"狄克说，"要是有人拦我，我就说是去给那死探子做祈祷去？"

"这个办法也许会行得通。"爱丽茜亚沉吟着说。

狄克顺利地通过第一道岗哨，但在第二层楼的歇脚处，狄克被拦住了。"我是给那可怜的人儿做祈祷去的。"狄克说道。

"唔，这才像话，"哨兵答道，"不过不能放你一个人去。喂，弟兄们，你们把他送到奥利佛神父那儿去。"哨兵冲着楼下的卫兵们喊道。

礼拜堂的大祭台上，燃着几只半明不暗的小蜡烛。一看到新进来的几个人，奥利佛神父马上迎了过来。"理查德，"奥利佛显然大吃一惊，"我想你来这儿一定是不怀好意的，但我并不愿意让你吃苦头。今晚，你得整夜老老实实地坐在我旁边，一直到明天，琼娜和肖尔贝男爵结了婚为止。如果一切太平无事，到那时你爱到哪儿就到哪儿，如果你有什么谋杀的企图，那你就得小心你的脑袋。阿门！"

事情已到了这个地步，狄克只好耐心地坐了下来。可不久，他就如坐针毡。一想起明天心爱的姑娘要成为别人的新娘，他不由得心如刀绞。他局促不安地等待着天明。

终于，鱼肚白的晨曦渐渐透进礼拜堂的窗棂，新的一天光临人间。教堂里的执事把探子的尸体抬到停尸室，开始准备肖尔贝爵爷的婚礼。趁着这乱哄哄的劲，老法外人竟偷偷地溜到狄克的身边。"埃利斯回来啦，他火急赶回来，就是要阻止这个婚礼的。"法外人轻声说道。

这时，远方传来一阵轻快的音乐声，婚礼的队伍出现了。这正是埃利斯出场的时候了。

霎时间，人丛中起了一阵骚动，随着人们的视线，狄克看到三四个人，张着弓，从礼拜堂房顶的天窗那儿探了进来。嗖嗖几下，新郎肖尔贝立时被箭射穿了两个窟窿，但尼尔爵士也受了伤，而那些人却转眼就不见了。

这时候，奥利佛脸色苍白地大叫道："这儿，是理查德·谢尔顿，捉住他！他是血案的主犯！"

一队弓箭手冲了上来，将狄克抓了起来，那个胆大的法外人也难逃厄运。他们被赖辛汉伯爵带回了府邸。

"如果您高兴的话，大人，"狄克说，"我将给您看两封信，它们将证明我为什么要杀死那探子，也可以证明但尼尔爵士并非可以信赖的。"

"什么？"伯爵看完信后大怒，"肖尔贝是个叛徒，而但尼尔答应送给温斯利戴尔爵爷的财产竟是我的！那么，现在我接受你的请求，感谢你的恩惠，我同意放了你和你的同伴，走吧！"

狄克和法外人从伯爵家出来的时候，已是黄昏时分。第二天一早，狄克重换上贵公子的服装，首先赶回法外人的地洞，取出他临去肖尔贝之前埋在那儿的福克斯汉男爵的信件，然后向吞斯脱尔森林边缘的圣布赖德十字架走去。那是福克斯汉男爵约好的他同理查德·格洛斯特伯爵见面的地方。

当他离圣布赖德十字架约有几百码远时，狄克忽然听到一声清晰、刺耳的喇叭声，接着便看到前面路上的一场恶斗。七八个攻击者在围攻一个人。那人非常敏捷、活泼，只是略有些残疾，一只肩膀高，一只肩膀低。

"路见不平，拔刀相助。"狄克猛地从攻击者背后杀了过去。又一阵刺耳的喇叭声响起，森林两边涌出一队骑兵。原先那几个袭击者寡不敌众，慌忙扔下武器，投降了。

直到这时，狄克才知道面前这人就是他要找的理查德·格洛斯特公爵。"公爵大人，"狄克把福克斯汉爵爷的信交给他说，"如果您兵力足够，我认为应该马上进攻。现在守夜的哨兵已下岗，其余的兵士又正在吃早饭，这正是出击的好机会。"公爵思索片刻，点点头，下达了出发的命令。

正如狄克预料的那样，驻扎在肖尔贝城的守军丝毫没有作战准备，因而格洛斯特他们很容易地占领了五条小街。狄克被任命把守其中的一条。

战斗进行得很激烈也很残酷。当战场上一个敌人也没剩下时，狄克悲哀地看了一下四周勇敢的残余部队，胜利的代价竟如此惨重。在这一片狼藉中，他茫然四顾，琼娜会在哪儿呢?

狄克直扑他和琼娜最后一次分手的那个房间，谁知那里的一切都变了样，屋内空无一人。狄克迅速地下了楼，又冲上全区的最高点——肖尔贝教堂的塔楼，在那儿，狄克发现紧挨着通往圣林修道院的森林边缘，有一簇逃亡的马队，从服饰上看，那一定是但尼尔爵士的人。

事不宜迟。狄克找到格洛斯特公爵，请求分给他50个长枪手，但分管兵员的凯茨比只给他准备了50个骑兵。

追击的路上，惨相令人目不忍睹，这使狄克清醒地看到了自己行为带来的残酷结果。从城里到森林的半路上，狄克在流亡的人群中找到了赖辛汉小姐。从她口中得知，琼娜被但尼尔带走了。

狄克带上赖辛汉小姐，沿着雪地上的痕迹，继续追踪着但尼尔爵士。天渐渐黑下来了，那条引入森林深处的痕迹突然分裂成二十几条支路，显然，他们把人马分散了。

狄克无计可施，只好命令人马驻扎下来。为驱赶寒气，兵士们点起了篝火。等人马都从疲倦中恢复过来时，狄克才想起了露营在森林里的必要戒备。他爬上一棵高大的橡树顶端，向四面望去。在西南方，他的眼睛看到了一点像针眼那样大的红光。

狄克狠狠地责骂着自己刚才的疏忽，他不该生起篝火，暴露自己的营地。现在他不能再浪费时间了。从这里到但尼尔的宿营地大约有两英里路光景，可必须经过骑兵无法通行的峻险的山谷。于是他留下10个兵士照顾马匹，其余的都下马前进。

借着清明的月色，渐渐地，他们发现留在雪地里的马蹄印越来越多了，不一会儿就看到了树丛中冒出来的烟和闪现的火光。狄克命令士兵分散开来，包围敌人的营帐，然后自己悄悄地直向营火方向走去。

透过树缝，他看到在前面空地的火堆旁，围坐着几个人，那里有他的老友贝内特·哈奇和琼娜·塞德莱。这时，从营地对面传来一阵低低的口哨，表示他的兵士已完成了包围，都联系上了。

贝内特一听到声音，吓得跳了起来，可他没来得及拿起武器，就叫狄克喝住了。

"原来是谢尔顿少爷！你要我投降？你也太不量力了。"说着，贝内特拿起一个小喇叭，放到嘴边，发出警号。马上就有好几只喇叭回应着，一阵马队沉重的踏雪声，突破了黑夜的寂静，传入人们的耳朵。接下来就是一阵混乱，琼娜从座位上跳了起来，仿佛一支箭似的飞奔到她爱人身边。

很显然，但尼尔爵士早已看到了火光，他预先调出了他的主力部队，只要他的追兵敢于进攻，他马上可以转过来抵抗，或是攻击敌人的后方。现在，狄克的全部人马都在黑暗、荒凉的森林里四下逃窜，消失得无影无踪。

狄克站了一会儿，痛苦地默认着由于轻举妄动造成的惨败。然后猛地拉着琼娜，开始跑起来。不多一会儿，狄克和琼娜在丛林中的一个隐蔽处停住了，爱丽茜亚也赶了上来。趁着冬夜清冷的月光，他们穿过光秃秃落了叶的丛林，向圣林修道院走去。

福克斯汉爵爷的人马仍驻扎在修道院里，而且理查德·格洛斯特也在这里与他的哥哥会面了。

狄克并不十分愿意地被带到他们面前。格洛斯特公爵原谅了狄克的这次惨败，因为凯茨比承认只给了狄克50个骑兵，而不是50个长枪手。

福克斯汉爵爷又见到琼娜十分高兴，他决定明天就让狄克和琼娜举行婚礼。

第二天一早，狄克就起身来到寒冷彻骨的森林里散步，等候日出。渐渐地，庄严的曙光越来越明朗，东方已染上一派红色的彩霞。

刺骨的寒风掀起了阵阵积雪，狄克准备按原路回去了。可是，正当他转身的一刹间，一个人影闪到树林背后。"站住！"他大声地说："是谁？"

那个影子闪了出来，像个哑巴似的，乱招着手。狄克马上认出他就是但尼尔爵士。狄克抽出宝剑，大踏步地走过去。"听着，但尼尔爵士，今天早晨是我结婚的日子，我虽然和你有不共戴天之仇，但在这个大喜的日子里，我决不碰你一下，马上滚开吧。"

"好吧，狄克，我走就是啦。"但尼尔爵士说着转身向树荫下走去。当他飞快地走着的时候，还常常小心地回过头来，对放他逃生的小伙子狡猾地瞥上一眼；他依旧怀疑狄克呢。

他正走到路旁的一簇丛林边时，突然传来嗖的一声弓弦声，接着射出一支飞箭。但尼尔发出一声愤怒和痛苦的窒息的喊声，倒了下去。

狄克连忙跳到他身边，他的脸痛苦地抽搐着。"那箭是黑色的吗？"他喘息着问。

"是黑色的，"狄克严肃地回答。

他没能说出第二句话，就痛苦地死掉了。

狄克站起身来，发现在他身后几步路远的地方，站着埃利斯·达克沃思。

太阳早已升起来了，知更雀在常春藤上啾啾地唱个不停。9点钟的时候，福克斯汉男爵为狄克和琼娜举行了婚礼，同时还将美丽活泼的爱丽茜亚小姐许配给了他的亲戚汉姆雷。

从那以后，狄克和琼娜远离战争的惊吓，在他们开始相爱的苍翠的森林里过着日子。

值得一提的是，那个干过三百六十行，后来又笃信宗教的老法外人，完全按照宗教的仪式，老死在邻近的修道院里。他的愿望实现了，他终于成了个修士。

（吕爱丽　缩写）

海 底 幽 灵

〔法国〕居斯塔夫—图杜兹　原著

　　玛丽娜是一个聪明美丽的小姑娘，她来到海边度假。陪伴她的，是小伙伴伊冯。伊冯是"海军少年学校"的优等生。

　　现在，两个伙伴正在圣马太角的修道院的废墟旁。玛丽娜半躺在一片草地上，背靠着一块圆形柱石。不远的海岸上，悬崖峭壁，大海在三伏天的酷暑中酣睡。

　　玛丽娜一只胳臂着地，支起身来。大眼睛闪烁着调皮的神采，直盯着站在面前的小伙子伊冯，她几乎用乞求的口吻说道："伊冯，给我找点儿水来喝，我快要渴死了……"

　　伊冯感到有些意外，眼神中露出了矛盾的神情。玛丽娜温存地央求着，小伙子拘谨地回答："但是，你知道，我不应该离开你，这是你父亲给我的命令。这时候，我不能走开……"

　　玛丽娜的父亲普洛埃旺，是富足的水产批发商，母亲一直疾病缠身。他们的女儿委托给她的同伴伊冯。

　　"给你的命令？你这里用命令来嘲弄我！"玛丽娜生气地说道。

　　伊冯只好不高兴地耸耸肩，无可奈何地离开了。

　　伊冯刚转过废墟墙角，玛丽娜就跳起来，她来到一座破旧的大殿里，迅速地钻进一个草木遮盖了的洞口中，她想捉弄一下伊冯。

就在此时，从大殿的另一端传来鞋底的响声，伊冯回来了。接着，又传来喊玛丽娜的声音。玛丽娜刚想挺直身子，张开小嘴，准备欢叫，突然，肩头重重地撞到一块突出来的石头上。她还没来得及呻吟，就感到大地在脚下摇晃，身后的石板朝后移动，紧接着，脚下一个深洞张开大口，玛丽娜滑进了洞里，活动石板重新关上洞口。

玛丽娜跌落在潮湿的地面上，像是震昏了，昏睡了很长一段时间。恢复知觉后，她感到浑身冰冷，手脚上的伤口疼痛难忍。周围一片漆黑，死一般的寂静。

起先，她打算推动石板，但是石板纹丝不动，她决心另找出路。于是，玛丽娜小心翼翼地迈着步子，犹豫不定地向前摸索着……

走着走着，一堵墙拦住了去路，她绕过了墙角，一束光亮若明若暗地照亮了前面的大厅，玛丽娜惊讶地观看这个奇怪的地方，一群人早已隐藏在左右两边，她一出现，这些人就扑过去，一双大手恶狠狠地抓住她。

"一个小女孩！是一个小家伙！"

这里的头儿，一个工程师，走上前来，开始审问这个小姑娘。可怜的孩子吓得直哆嗦，她断断续续地讲述了自己可怕的经历。

工程师举起了手枪，想结束小姑娘的生命。在手下人的劝说下，（尤其是穆里奥，他是一个正直的人）工程师只好把手枪插到腰带上，厉声地命令道："给我把这个小姑娘抓起来，送到22号房间去。主人来了时，我将把她赠送给小姐。"

长夜已尽。一支约有10个人的小队伍，站在废墟的墙边，这伙人连续不断地到处搜寻，然而，却一无所获。黑暗逐渐隐去，曙光慢慢从东方现出。

德尼·普洛埃旺回到妻子身边，对着反复责怪儿子的梅拉尼亚悲伤地说道："别这样逼他吧，他不是这样的罪人。"

这时，峭壁边沿，传来一声呼叫，助理信号员吉利克打着手势，所有人都跑过去。他用手指着斜坡底下，一个小白点。伊冯扑向斜坡，接近了白点。哦，这是玛丽娜的小白帽！

人们一起面对海洋，摘下了自己的帽子。

伊冯像其他人一样，紧紧抓住自己的软帽。突然，他大声喊道："我敢说，我们的玛丽娜完全不会掉进海里！请看，潮水线在搁帽子的石块下面老远……海水不可能淹没小帽！我记得，不到一小时前，我到过那儿，那时石头上什么也没有！现在还是应该寻找玛丽娜，而不是为她哀悼。这是魔法，而不是一次事故，真的，我以一个水手的名义起誓！"

8月3日早晨，布雷斯特市和布列塔尼地区的老百姓，在当地的日报上看到了一篇介绍里夏尔·内维尔先生的文章。于是人们知道，里夏尔·内维尔是海上巨富，著名的"国际洋底开发公司"的创始人，同他的外甥女于盖特驾驶着一艘豪华无比的大游艇"于盖特公主号"来此度假了。

此刻，大游艇停泊在防波堤外的泊位上，许多人前来观看，啧啧的赞叹声此起彼伏。

码头上，"海军少年"伊冯走来，正用目光搜寻着自己的同伴。

"怎么样，伊冯？"水手卡拉克问道。

小伙子不高兴地耸了耸肩，面孔忧郁，嘴唇颤抖着，他以厌恶的口吻，失望地嚷道：

"我见过的人都是一群笨蛋！"

正说着，一辆华丽的小轿车急速地转过了海关大楼，停在离码头斜坡几米远的地方。人们知道，这是骄傲的公主于盖特来了。她指挥着手下人把带回的近20件包裹运到了快艇上。

"好家伙，公主抢劫了市里所有的商店！"一个码头工开着玩笑说。

于盖特听见了，黑眼珠一闪，唰地一声，把手中的小手杖习惯地在空中猛然一挥，像希腊神话中被激怒的女骑士那样，她以高傲的姿态走向快艇。

伊冯站在码头边沿，双手交叉在胸前，目送着奔向远方的快艇。水手吉尔多调皮地拍了拍他的肩膀，打趣地说："喂，怎么不游泳去追赶你的公主哇，好跟她说上几句呀？"

伊冯转过身来，痛苦的眼眶里，两颗泪珠来回滚动。他反驳说："公主！公主！我看见的是幸福的公主，思念的却是玛丽娜……我要找到她，找到玛丽娜。你们听见了吧！"人们听着，一边叹息，一边低下了头。

于盖特的小快艇在平静的海面上飞驰。过了防波堤，快艇平靠在"于盖特公主号"的右侧舷。值班人员把缆绳抛下来，于盖特敏捷地登上舷梯，来到了甲板上，她问着前来迎接的沃什中尉军官："我舅舅在哪？"

沃什向于盖特敬了一个军礼，回答说："内维尔先生在海图室，小姐。"

于盖特进了舱门，进入了内层走道，随后，在写着海图室的门前停了下来。电子眼睛控制下的大门自动打开了。一个亲切的声音传来："是你呀，于盖特？进来吧，亲爱的！"

里夏尔·内维尔站在一张奇特的桌子面前。他是处理大量海上事务的著名行家。此人难以预测的变化和决定，哪怕最微不足道，也会震撼世界上所有国家的商船队和港口。但对自己的外甥女，他表现出少有的不习惯的温和与亲切。

他们俩亲昵地交谈着。说话间，船主按了一下桌上的水晶石电钮，灯光马上熄灭了。与此同时，墙壁、地板、顶棚变得透明起来，他们仿佛置身于空中，而不是站在船里，透过深深的海水，许多东西在迅速地游动。

"呵！好多鱼呀！今年，大概是一个渔业丰收年吧？"于盖特问。

"收成大概不会坏吧。"内维尔回答说，他半眯着眼睛，正用圆规测定方位。

这时，于盖特想起了一件事，"呵！说起捕鱼，您知道吗？您知道曾经约见的那个批发商吗？刚才在港口，我见过他的一条船。"

"这个人没有赴约……他叫德尼·普洛埃旺，真是……"

"我记得它的名字，'鲁齐克号'。当时，人们告诉我，这位批发商不会来了，因为他家里出了一件不幸的事。"

一次庞大的国际洋底开发公司理事会在游艇里召开完毕，气度非凡的里夏尔·内维尔和身着艳丽礼服裙的于盖特，都满足地松了口气。舵手勒蒂埃进来报告："批发商德尼·普洛埃旺先生来找内维尔先生谈话。"

门开了，德尼·普洛埃旺步履蹒跚地走进来。冷若冰霜的船主以及盛装的少女，对他既没有什么热情，也没说一句欢迎的话。德尼·普洛埃旺只好拘束地首先开口："先生，请原谅，我迟到了。但是，我，我太伤心了……"

内维尔生硬地说："德尼·普洛埃旺先生，我的法国合伙人向我推荐了你。理事会已经决定垄断性地收购你的产品。因此，你的主顾成了我们的主顾，我们将利用你的市场，履行你签订的合同……"

批发商吃惊地说："但是，先生，我也并没有要求您这样做呀！"

内维尔的调门更顽固、更威严。他继续说："公司决定你同顾客的关系由公司的名义来取代，这是为你准备好的契约，我已签了字，请你也签字吧。"

批发商茫然不知所措，他说："先生，这个建议是没有预料到的，我请求考虑、考虑……"

内维尔恼火地一挥手，"好吧！尽管这不符合我的习惯，但是，我还是给你三天的期限。现在，我的事情正等着我去办理，三天之后再见，普洛埃旺先生！"

勒蒂埃把头昏脑胀的批发商带了出去。于盖特用手指指灯盘，盘上的灯亮了，内维尔在键盘上按了三下，站起来说："咱们的三艘潜水艇到了。亲爱的，走吧。"

三艘潜水艇静静地躺在船坞中。司令塔上，用红铜刻着它们各自的名字："海鳗""七鳃鳗""梭子蟹"。

里夏尔朝着"梭子蟹"号甲板上的安乐椅走去，军官们整齐地分列两厢。内维尔慢条斯理地吐出几个字："先生们，秘密理事会开会。"

"海鳗"号军官迪克森和"七鳃鳗号"军官沃尔特先后发言，里夏尔微笑着点点头。然后说道："纪尧姆·博斯，请讲话。"

博斯是"梭子蟹号"的军官，他负责搜寻那些由于航海事故或战争原因造成的沉船。他站起来，说道："不幸的'海象号'，现在没有一点儿绝对可靠的消息。但是，主人，我多少发现了某些迹象，我将马上为您进行这项工作。"

一听到"海象号"，于盖特就想起了自己在二战期间随船遇难的母亲和妹妹，她深深知道，内维尔为寻找这条沉船而付出了多少代价啊！这时内维尔语言颤抖地说："博斯先生，我发誓要找到这条沉船，也要找到谋杀我妹妹和外甥女的匪徒阿恩海姆。我要让他得到同等的报复，毫不怜悯宽恕！"

在于盖特咄咄逼人的目光下，博斯显得特别谦恭，他柔顺地回答道："请相信我的热情吧，主人！"

内维尔又说道："博斯，我的朋友，现在，请回'Z'基地去吧，另外，你打算如何处置你的小俘虏？我一点儿也不知道你还有父母的本性，不过，对这个无辜的小女孩，你做得很对。"

博斯故意友好地对于盖特鞠了一躬，说道："主人，如果您允许的话，我有一个想法，把这个小家伙送给小姐，作为侍女。"

内维尔看身旁的于盖特点头表示同意，便高兴地说："我的朋友，请你明天下午在基地等候我们。我们要视察'海马号'的货物并取回小侍女。再见，博斯！"

博斯回到了自己的船里，潜水艇移动了一下位置，把舅舅和外甥女送到梯子上，然后潜水出发了。

第二天下午，内维尔带领于盖特和中尉军官乘坐着自己的私人潜水艇"箭鱼号"向"Z"基地进发。这艘潜水艇上安装了其他潜水艇所不具备的F电钮，在发生重要危险时，只要轻轻按动，就会发射鱼雷，给对方以致命的一击。

"箭鱼号"到达"Z"基地。在半小时的参观中，内维尔环视着这个巨大而特殊的仓库，满意地点点头。参观结束后，博斯一躬身，说道："于盖特小姐是否还记得昨天我对您的许诺？"然后他转身大声喝道："穆里奥，把那个小俘虏带来……"

穆里奥出来了，牵着玛丽娜的小手，温和得出乎人们的意料之外。玛丽娜跟在后面，吓得直抖。四天来，小姑娘除了看见别人冷酷的脸色外，没有看见其他任何东西。现在，她看见窈窕文雅的小姐，这是保护人吗？能释放自己吗？忽然，她灵机一动，一下子跪倒在于盖特的脚下，呜咽着乞求着："妈妈！……妈妈！小姐，请把我交给我的妈妈吧！"

于盖特猛然一惊，无动于衷的内维尔也几乎控制不住自己的感情。于盖特对这个绝望的孩子说道："喂，野丫头，不要这样哭，看着我，难道我使你害怕吗？"

玛丽娜含着泪水说："不，小姐，但是，我想离开这……"

于盖特皱紧了双眉，说："可怜的孩子……我很遗憾，这是不可能的。你是属于我的，不管怎么样，其他的一切都不存在了！"

于盖特用手绢擦着玛丽娜痛苦的双眼，不屑于看一眼博斯嘲讽的丑脸。博斯恶意的冷笑顿时僵凝在脸上。

"箭鱼号"潜水艇离开"Z"基地，重新潜入水中。于盖特操着舵，沃什中尉在一旁指点，内维尔聚精会神地看着文件。

突然，于盖特高叫："呵！请看，沃什先生！"

潜望镜中，出现了一个非常奇特的场面：一些渔船，拖着慢慢散开的网，网住了排成密集队形的鲻鱼和鼠海豚。可他们俩都没有注意到潜水艇在继续漂流。现在，潜水艇进入了拖网的中心，拖网封闭了。有什么东西敲击和刮动着潜水艇的两侧钢舷。

这个突如其来的危险，使得沃什惶惶不安，他想推开于盖特，按动下潜电钮。但已来不及了，由于几条渔船的联合行动，渔网缠住了后舵，使潜水艇急剧地摇晃起来。这种冲击打乱了内维尔的遐想，他抬起头来，于盖特面色苍白，趴在键盘上，使劲地想保持平衡。她声音哽塞地喊道："舅舅！舅舅！"

又是一次更强烈地振动，"箭鱼号"的尾巴被拖着，艇头下栽，艇尾上翘，艇舱成了45度斜角。只有内维尔保持着清醒的头脑。他紧皱着眉头，站起来，拦腰抱住自己的外甥女，把她搂到胸前。尽管小艇倾斜了，但还是扶住她站稳，并且用右手操纵电钮。

压载水舱突然打开，海水大量涌入，"箭鱼号"垂直下沉，带动了拉住自己的拖网，使得海面上的渔船互相碰撞。马上，大网直往后退，一下子扯破了，鼠海豚和鲻鱼一起匆忙逃窜……

经过一阵颠簸之后，"箭鱼号"恢复了平衡，又像一条箭鱼一样，沉入海中，飞速逃走……

几天后，内维尔收到德尼·普洛埃旺公司的致函。对他提出的要求不能满足，并提到他们公司的几艘渔船出现一次事故，被严重损坏了。

内维尔在办公室里来回踱着步，心中暗想："这一切都是由于在我经过的路上倒霉地撒下了拖网。这可不是我挑起的！当然，他们不知道我在那儿……这些可怜鬼……"

内维尔一边自言自语，一边收起了博斯的文件，走出办公室。他问外面的执勤人员："小姐呢?""小姐在她的套间里。"

内维尔来到了于盖特的房间，他走近于盖特，慈祥地问道："亲爱的，你是否还感到害怕，恢复过来了吗?"

"是的，舅舅，完全恢复过来了。"

"现在，我可以告诉你，博斯已经可靠地标出了'海象号'残骸在海底的位置……"

听到此话，少女的眼睛闪出了亮光，她站起来，连声问道："这是真的吗?"

"我们正在接近我们的目的，我的孩子，这是我生活中两个伟大的目的之一。哦，对了，于盖特，今天晚上，咱们出发作一次公开旅行。到了晚上，公开旅行就成了运送走私物品。好了，准备一下。"

"明白了，舅舅。我知道这种双重把戏，我过去在其他地方已经干过……"

孔凯市的街道上，传来了长长的汽车喇叭声。在一名海员的带领下，一辆庞大的黑色轿车驶进了港口，停在普洛埃旺公司的门口。

于盖特对内维尔说："舅舅，要是不使您烦恼的话，在您参观普洛埃旺先生公司时，我想去看看圣马太角的修道院，在那儿做一幅画，您答应吗?"

"好的，亲爱的。两小时后，我开车去接你。"

修道院的断墙边，于盖特只身一人，一点也不感到孤单。出发前，她小心地在口袋里装了一件东西，那是一支坚硬的白朗宁手枪。她走到一块便于观察的岩石边，高兴地坐下来，选择好了角度，打开水彩盒，放好调色盘，开始动笔了。

一小时过后，一个沉闷的声音从10米外的废墟中传来。于盖特感到奇怪，她抬起头，侧耳听了听，两眼惊奇地搜索着。

跌倒的响声。马上传来了低沉的呼叫："救命呀！"

于盖特跳起来，跨过10步外的断墙缺口，看到了一个意想不到的场面：一个小伙子，蜷缩着身子，仰面倒在地上。在墙壁突出部位的石缝中，吊着一条巨大的蟒蛇，发出激怒的嘘嘘声，伸长脖子，慢慢接近小伙子的头顶。

一阵凉气传遍于盖特的全身，她不由自主地打了一个寒战。突然，她灵机一动，从上衣的口袋中，掏出自己的白朗宁手枪，向前跨了两步，闪开身子，把枪举到眼前，瞄准，扣动了扳机……

危险解除了。小伙子手肘着地，猛一用力，站了起来。看看脚边截成两段的毒蛇，又看看于盖特，他笨拙地连声道谢，说："要是没有您，我就会被咬伤了。真的……因为我踩着了这个可恶的东西……全亏了您的小手枪……"

于盖特同小伙子一样感到拘谨，忘记了自己惯有的高嗓门，低声说："这是自然的……您知道……"

原来这小伙子就是伊冯。他告诉于盖特，他的朋友玛丽娜就是在这里失踪的。他不知已有多少次，像一头狂怒的狮子，在这来来回回查寻玛丽娜的踪迹……

夜幕降临时，内维尔的汽车公开离开孔凯市，开到荒滩边沿，停在装运走私货物的卡车集合地点，于盖特坐在车里，她的任务是站岗放哨。

这时候，一阵突如其来的细微响声引起了于盖特的警觉，她发现几个模糊的黑点在面前荧光屏的毛玻璃上移动。她急忙通过无线电话通知舅舅。

在内维尔指挥下，五辆样子奇特的汽车平底船开进大海里。大海中，马上浮出一批蛙人，原来是博斯把"海马号"的货物用大箱子运上来了。

内维尔耳边的报话机里，又传来了于盖特的报告："一些人……以不同的脚步声……沿着公路走来。"

"这么晚了，这些讨厌的人是干什么的呢？"内维尔气愤地问道。回答他的是一个人的低声咒骂和痛苦呻吟。原来，一名卡车司机在黑暗中摸索，一只钢钩扎进了手掌心。内维尔走上前去。他不高兴地耸耸肩，明白了事情的前因后果。这是当地渔民把装有滚钩的线网拉在海边，等到潮退，渔民们就来收钩抓鱼。刚才于盖特说的那些人，肯定就是抓鱼的渔民。

货物快速装进汽车平底船里。在内维尔的命令下，五辆汽车拍打着海水，开向大海深处。几分钟后，汽车在黑夜中完全消失了，而蛙人也潜水回到了潜水艇里。

然后，内维尔回到轿车里，坐到于盖特的身边，不速之客更近了，他们的确是一群渔民，内维尔命令司机打开车灯，走下车，有意高声叫道："喂！……喂！那边是谁呀？"

人群中走出一个人，近前一看，这人身穿海关队长制服，队长问："您想干什么？先生。"

"我的汽车在普卢贡韦兰旁边出了故障，我不得不用自己的工具在现场修理。这样，就迷失了方向……我看见沙滩上有人，就来找您问路。"内维尔解释得这么合情合理，以致站在身旁的海关队长信以为真，丝毫也不怀疑内维尔的真正意图。

"先生们，现在祝你们获得一个渔业大丰收。我们要回布雷斯特区，真是太晚了……笔直走，是不是？队长，再见吧！"

汽车开出很远，停下。内维尔打开了灯光信号器，海面上也传来了同样的信号。10分钟后，五辆汽车平底船从大海中冲上岸来，一队汽车熄了火。深夜中，车队无声无息地朝着布雷斯特总仓库驶去。

几天后，内维尔来到于盖特的房间，激动地告诉她一个振奋人心的消息："孩子，我的孩子……'海象号'找到了！"

"是吗？舅舅，在哪儿找到的？谁找到的？"于盖特既高兴又痛楚地问。

"离这很近，我的孩子，它躺在一个叫作希梅尔的海台上。博斯刚给我来的讯息。我们现在就出发到遇难地点去。"

巨大的游艇穿过港口狭窄处，不大一会儿，就进入了伊鲁瓦水域。船头像一把利剑，劈开又宽又长的浪涛。

此时，大船在阿尔芒和黑石两座灯塔之间航行。内维尔抬起手，指了指远海，低声地说："从这儿过去，就在视平线的前方……我也不相信事情发生在离大陆这么近的地方，真让人感到格外的愤怒和痛苦。"

说着，内维尔亲切地用左手把外甥女拉过来，右手颤抖着按动了水晶电钮——巨大的光束从脚底射出，一直穿透百多米深的海水。突然，光束不动了，一座奶头山屹立在海底，一个隐约可见的船影侧躺在山谷中。

"海象号！"内维尔惨痛地高声大叫，嗓音哽塞，于盖特放声大哭，悲痛欲绝。

内维尔迈着坚定的步伐，走进了博斯的潜水艇——"梭子蟹号"。于盖特靠在船头上，思绪万千，眼睛一刻也没离开过动荡的海水。沃什也不去打搅沉默不语的于盖特。

时间悄无声息地过去了很久。沃什看见前面有一艘渔船驶来，三个海员登上舢板，朝着大游艇划来，值班人员放下了绳梯。于盖特一看到此人，不禁惊叫起来，原来这个人就是伊冯。

伊冯取出一封信，说："我们正在船上作业，一艘摩托艇靠近我们，委托我们把这封信交给大游艇上的小姐。"

于盖特看完信，突然闭上眼睛，面色由白转青，身子几乎要倒在船上。沃什和伊冯急步向前，用手扶住她。但于盖特是一个意志坚强的人，她控制住自己，把信件交给沃什。沃什看完信，他愤怒地叫着："这个疯狂的畜生……我非宰了他不可！"

原来，令人们万分震惊的是：博斯，这个工程师，利用探索沉船之机，把内维尔先生扣押在"Z"基地；并以此要挟，取代内维尔成为公司的主人。人们怎么也没有识破这个伪装了的歹徒！

忽然，于盖特轻轻冷笑一声，郑重地一字一句地说："博斯这个恶棍仅仅忘了一件事，是他亲手把'Z'基地的秘密钥匙交给了我。等着瞧吧！"

于盖特目光落在了伊冯身上，她盯住他的眼睛，问道："你爱你的小朋友玛丽娜吗？"

泪水蒙住了伊冯的眼睛，他深沉地回答："为了她，我情愿付出生命！"

"那好，只要你起誓消灭交给你信的那个人，我就把玛丽娜交给你！"

"只要把玛丽娜还给我，我就为您效劳！"

黑夜，伸手不见五指。于盖特和沃什率领武装起来的海员，在记忆力惊人的玛丽娜的带领下，很快深入可恶的匪穴。

在毫无准备的情况下，大部分匪徒被冲锋枪、机关枪打倒，少部分举手投降。于盖特急忙奔向玛丽娜知道的囚室。看管内维尔先生的穆里奥打开门，把内维尔放了出来。

众人没有找到匪首博斯的踪影。穆里奥说："他出去了，乘坐'梭子蟹号'去搜查'海象号'沉船，抢劫船上的财宝去了。"

穆里奥和众人来到博斯的房间，伊冯举起斧子劈开保险柜，文件撒落一地。内维尔翻着看，恨得眼睛都快喷出血来，眼前一片昏暗："阿恩海姆！10年来我要寻找的凶手！同我偏爱的合作者博斯……原来是一个人！"

内维尔同海员们乘坐"海鳗号"潜水艇向沉船方向飞速驶去。他事先没有通知于盖特，因为这是去追捕叛徒，进行一场血战。他没有乘坐自己的私人潜水艇"箭鱼号"，是因为他想活捉叛徒，"海鳗号"的装备能完成这一使命。

等于盖特知道舅舅出发后，战斗已开始了。于盖特和沃什驾驶游艇来到战场，吃惊非小；"海鳗号"被狡猾的"梭子蟹号"撞得翻了跟头，现在阿恩海姆正在后退，为了让出一段距离，做更猛烈的攻击……

于盖特大叫："我们来得正是时候！沃什先生，为拯救我的舅舅，上'箭鱼号'吧，快！我们的动作要迅速！"

几分钟过后，他们俩登上了"箭鱼号"潜水艇。

于盖特咬紧牙关，异常镇定，两眼射出仇恨的怒火，双手按在 F 电钮上，等待时机……"

"梭子蟹号"在猛兽般地冲刺中，正好露出了 60 米长的船身。于盖特一字一句地说："开火！请开火！……"说着，她使劲地按了一下闪光的电钮，一个细长的东西从水中射出，撞上了"梭子蟹号"的船壳。一束巨大的强光在水中一闪，一声沉闷的爆炸声在海水里滚动……

于盖特几乎支撑不住了，倒在自己的座位上，喃喃地说："沃什先生，该您驾驶了……舅舅得救了……也为母亲和妹妹报了仇……"

感情从不外露的内维尔，紧紧抱住自己的外甥女。他们来到一间小屋子，望着让娜——妹妹的肖像，低下头，于盖特跪下来，啜泣着。在沉寂中，突然小玛丽娜发出欢快的喊声："妈妈！妈妈！"伊冯也在一旁说："这不是德尼·普洛埃旺太太的肖像吗？画得太像了！"

内维尔把手搁在满是汗水的前额上，小声说："呵……这真是不可思议……"

"于盖特公主号"停泊在孔凯市港口，内维尔一手拉着于盖特，一手拉着玛丽娜来到普洛埃旺的家。普洛埃旺太太目光一下固定下来，她呆呆地望着。里夏尔轻轻地把于盖特和玛丽娜推到跟前，小声叫道："让娜……我亲爱的妹妹"……是我们来了……"

普洛埃旺太太浑身激动地颤抖着，"弗朗索瓦兹！于盖特！……哥哥！"他们紧紧拥抱在一起。

几天后，国际洋底开发公司解散了，财政部在巴黎收到一张一千亿法郎的单据，并附言："一个你们不了解的悔过走私犯……这是补偿费。"

一轮红日喷薄而出，"于盖特公主号"带着内维尔、他的妹妹、妹夫以及两个外甥女，还有伊冯上路了。游艇通过了锚泊地，笔直朝着宽阔洋面前进，全速开向一个神秘的地方……

（邱纯义　缩写）

蓝色海鸥号

〔南斯拉夫〕托涅·塞利什克尔　原著

在海鸥岛一个陡峭的山脚下，有一个海湾。那里有一个小渔村，男人们以捕鱼为业，女人们则在家种植葡萄。

在岛上一座最古老的半倒塌的小房里，住着一个12岁的男孩子伊沃。伊沃的母亲在生下他以后就死了；父亲年轻时是个水手，曾远涉重洋到巴西居住了很久，后来他回到了这个偏僻的小渔村，开始像大家一样地捕鱼。由于他阅历很深，见过世面，所以常给渔民讲许多有趣的事。

"如果我们老是照这个样子捕鱼，永远也摆脱不了贫困，"有一次他向渔民们说，"我们应该共同劳动，共同享受劳动所得，让我们集资买一只汽船吧！"

他的话打动了渔民们，整个冬天人们都在反复估量这件事，直到春天才凑齐了钱，于是就派巴西人——人们这样称伊沃的爸爸，到城里去买合适的船。

渔民们焦急地等待了三个星期后，巴西人回来了，他跪倒在人们面前说："处死我吧，我对不起大家！钱丢失了……"

受骗的渔民们痛打了他一顿，把他逐出了这个小岛，从此，渔民中任何人都没有再见到他。

伊沃成了孤儿。尽管他是无辜的，但渔民们仍是不喜欢他，只有老尤斯特——这个岛上唯一不蔑视他父亲的人时常帮他一把。当然，在这个小渔村里，孩子们都十分友好。伊沃和他们一同上学，一同玩耍。

伊沃像一棵小野树一样成长起来了。他常手拿钓竿凝望水面，他感觉在海天相交的那条线后面，完全是一种新的生活：充满着不寻常的事件和有趣的惊险故事。小渔村下面的海湾则是一个拥挤的窝——在这里难道能展翅飞翔？

伊沃有时坐在自己的小房子旁边，长久地观看父亲留下的几本书：有描写航海的，还有一些地图。大海是那么的诱人，他总是想和父亲一道去航海，他总是想到世界各个角落去寻找父亲。父亲活着还是死了？

这是个狂风怒吼的夜晚，小船在浪花的拍打下无声地驶向海湾。

船尾站着一个孤零零的老人，留有一撮海员式的剃得短短的灰白胡须，深陷的两腮，一双疲倦的眼睛。

小船靠了岸。老人沿着通向教堂后面一座孤零零的小房的陡峭的阶梯往上走着，终于来到了小房前面。门没上锁，岛上没有小偷，何况也没什么可偷的。

老人以听不到声音的脚步穿过空荡荡的穿堂，推开虚掩的屋门。那里只有一个男孩子正在一张木床上脸朝墙，盖着一床破旧的脏被子睡着。床上方悬挂着一个年轻女人的照片。老人一步走到床前，举起信号灯，照着照片……

伊沃醒了，在昏暗的信号灯光中他看到一个跪着的人的黑影。他吓得从床上跳起来，准备从窗户跳出去，就在这时，那个老人站起身来抢上一步去迎接他。伊沃紧盯住这个素不相识的人：啊，是父亲回来了！

天刚蒙蒙亮，伊沃就起来了，他悄悄地叫来老尤斯特。

尤斯特仔细地看看躺在床上的那个人，嶙峋不平、布满皱纹的脸，还有那双眼睛，这当然是他！但他是多么疲惫不堪和衰老啊！尤斯特突然抓住他伸出来的那只无血色的手，俯下身子对病人亲切地说："朋友，过去的事情早已经过去了，安静地休息吧！"

"可是良心不允许我安宁。多年来我不惜力气地在水泥厂干活，我一直攒钱，但始终没达到那个数目。后来我为自己买下一条小船，来寻找我的儿子，可是病魔毁了我……在这死亡的时刻，我还在想那是个好理想，人们应该一起劳动，像一家人一样，既不要嫉妒，也不要贪婪……我已经无力去实现这个理想了……伊沃，我的孩子……我遗留给你一个'蓝鸥'和我的理想！一定要做到使全岛人生活得更好……"

他最后一次环顾了充满阳光的房间，闭上了眼睛。

伊沃怀着悲痛的心情埋葬了他的父亲。

伊沃在家门口站了一会儿，然后箭似的沿着石阶飞跑到下面的码头，那里停泊着一只涂着蓝色油漆的老式帆船"蓝鸥号"。

伊沃围着"蓝鸥"转了好久，试探地、温柔地抚摸着它，但应该着手干活了。他首先把全套设备转移到家中，接着他想把小船从水中拖出来，可小船纹丝未动。

这时老尤斯特的小女儿米莱娃突然出现在他面前。要知道，这个可爱的小姑娘一直在关切地注视着伊沃。小姑娘下到水里抓住船边。

"我们一起试试吧！"

小船甚至没有微微动一下。

伊沃深深地叹了口气，一个人是什么事情也做不了的！怎么办呢？

"我叫伙伴们去！"米莱娃热心地说。

与此同时，"蓝鸥"的消息已传遍全村。男孩子们都正躲在伊沃的小破房子后面暗中羡慕地观看小帆船，轮班地从角落里走出来，但谁也不肯走近。让伊沃猜想他们非常渴望他的这只老胶皮靴子又有什么好处？

男孩子们开始七嘴八舌地数落起"蓝鸥"和伊沃来。这时米莱娃走近了，孩子们全不作声了。当着她的面，这样谈论一个伙伴是不大合适的。

米莱娃走到孩子们面前，希望他们能帮助伊沃把小船拖到岸上，可男孩子们若无其事地往一旁看着，但内心显然不大"那个"。

"你还记得吗？佩罗，伊沃是怎样把你从水里拖出来的？……"米莱娃开始逐个提醒大家，以前伊沃是怎样帮助过他们的。

"我该回家了！"尤列突然猛地站起身，毫不客气地一阵旋风似的跑下山岗。

"我也该回家了！"佩罗说完站起来。

米莱娃伤心地呆望着大海，开始难过起来。

伊沃沉思地坐在倾斜的"蓝鸥"上。冷不防从什么地方跑来了尤列，接踵而至的是佩罗还有其他孩子。他们无言地将小船合力推上海岸。

米莱娃从远处看到这情景时，她的脸上露出喜悦的神色，她愉快地微笑着跑向伙伴们。

孩子们默默地坐着。每个人都在想着"蓝鸥"，它将会怎样？伊沃将怎样用它？

"我向爸爸去要点油漆，咱们把它熬好，然后把整个船油一遍。"米莱娃坚定地说。

其他的孩子马上响应，有的要拿来凿子、锤子和锯，有的要拿绞盘，还有的要拿一个小锚……

伊沃是幸福的，只有真正的朋友才能这么关怀他的"蓝鸥"，这才是真正的友谊。伊沃从船上跳下，环顾了一下四周，神秘地问道：

"你们能保守秘密吗？"

伙伴们立即紧紧包围了他，六只手同时伸给他。大家严肃得像成年人一样，发誓保守秘密。

伊沃快活地说："我一个人生活在这个世界上，现在，让这个'蓝鸥'属于大家吧！我们将一起保管它、修理它，我们将一起出海……当我们长大成人时，我们再买一只大船！我们六个人，是'蓝鸥'杰出的船员！"

孩子们由于惊喜，嘴都张大了！多么好啊！不是"我的"，而是"我们的""蓝鸥"！他们激动得一句话都说不出来。

谁也没有发现老尤斯特此时正坐在阶梯的最上面一层，喜悦地望着孩子们。也许这孩子真的能实现他父亲的理想？"所有的渔民是一家人，人人为我，我为人人！"他记得他是这么说的。他站起身来，整个心灵都在为孩子们高兴。

几天来在通往伊沃小房子的阶梯附近，笼罩着一股非常活跃的气氛，每个人都找到了合乎兴趣的工作。

为了买得起价格昂贵的颜料，伊沃和孩子们决定到采石场去挣钱。

第二天他们就爬上那些陡峭的山崖，到达了小岛遥远的另一端，那儿有个大采石场。"船员们"协力地干起了活。

在这一周的最后一天，采石场发生了塌方。在发生塌方的地方，还有一块巨大的岩石悬挂着。为了不影响工作，承包人拿出一百狄那尔在空中摇晃着喊道：

"这就是对去炸石头的人的奖赏！"

谁也没动，生命远比一百狄那尔贵呀！

突然，伊沃站了出来，他把炸药和导火线系在腰间，对大家微笑着招了招手。

"为了'蓝色的海鸥'！"

伊沃灵巧地爬上山崖，成功地炸掉了巨石。但伊沃却被空气的气浪冲撞到他藏身在它后面的那块石头上了，他的脸上流出一股鲜血。

全体都在焦急地等待着勇敢的英雄，但他一直不下来。恐惧和不祥的预感攫住了人们的心。现在孩子们谁都忍不住了，都向爆破地点跑去。成年人也跟着上来了。

傍晚，当天气凉爽下来之后，伊沃被送回了家。

过了几天，伊沃痊愈了。孩子们也将"蓝鸥"整修一新。晚上，当剩下伊沃一个人时，他点上蜡烛开始读在帆船上找到的父亲以前的日记。这是一个极其痛苦的人的自白。被驱逐者描写了自己的青春，在异乡的生活，哀吊妻子、怀念儿子。许多篇章还提到渔业劳动组合，谈到渔民共同劳动的理想，谈到互助与合作。

伊沃深思起来。他仿佛看到"蓝鸥"在那无边无际的海洋中破浪前进，"蓝鸥"号全体船员！"蓝鸥"号兄弟般的团结！朋友们的兄弟般的团结！

他把一切都周密地考虑过了。他决定要让"蓝鸥"号招展的船旗在全村的船队前展示一下……

天刚蒙蒙亮，伊沃就起床了。他跑到窗前一看，大吃一惊。怎么回事？"蓝鸥"不见了！

伊沃跑上山去，从高处往下看，终于看见"蓝鸥"被人用铁链子捆在一个固索钩上。尤斯特告诉他，人们并没有忘记自己的委屈，他们决定将"蓝鸥"号卖掉，钱大家均分。现在，人们正在等待买主。

伊沃垂头丧气地离开了尤斯特，但他相信一切都会好起来的！他召集了所有的孩子，决心把"蓝鸥"号夺回来。他的计划得到了所有孩子们的赞同。

整个一天在忙碌中过去了。傍晚，米埃伊尔在码头上观察放哨。

天黑了。妇女们都回到村里。男孩子们假装睡着的样子。但待一切都安静下来之后，他们马上偷偷跑出家门，来到海岸上。

伊沃和米埃伊尔怀揣一束粗绳子，箭似的飞奔到码头。他们开始小心翼翼地锯"蓝鸥"上的锁链。锁链终于锯开了。两个朋友两脚蹬在码头的矮墙上，用全力推了一下船——"蓝鸥"获得了自由。

当小船慢慢地划出海湾，驶向小房子下面的浅滩时，孩子们发出了热烈的欢呼。

孩子们分秒必争地在船上装好桅杆、帆、渔网和其他食品。半夜时分，小船已装备完毕。

米莱娃多想和伙伴们一起到海上去啊，但她不能舍弃老父亲，她只好和伙伴们告别。

月光下，风扬起了帆，小船轻轻地摇摆着离了岸。

初次航行对孩子们来说是很艰难的。这时风突然大起来，海水翻腾着，船头溅起很高的海浪。天突然暗下来，从高山后面迎着"蓝鸥"爬过铅一样重的云块，它瞬间遮住了月光，四周顿时挂起一层黑色的浓雾。岛的上空开始闪电，海涛澎湃着泛起白沫。可怕的大海拍击着，抛掷着小船，像要把它劈成碎片。

正当孩子们绝望的时候，突然在一股刺目的闪电的亮光中，伊沃发现在离他们很近的地方有一艘汽船。他拼命地呼唤着，但在这海涛与雷电的轰隆声中有谁能听到呢？

突然前面呈现出一个多石的小岛的轮廓，"蓝鸥"一直被推向那里。就在这时，险恶的巨浪猛地抓住小船，飞溅着白沫，把它抛掷得高高的，孩子们感到他们已飞悬在空中，然而在转瞬之间他们又轰隆一声跌落下来。"蓝鸥"号全体船员都落到水中了。尤列和佩罗已被大海带走。其余的孩子被海浪抛上了岸边。

"蓝鸥"被紧紧地挤在两条岩石中间。伊沃和伙伴们用尽最后一点力气把剩余的那点家具搬出了小船。

当太阳升起在雷雨洗涤过的早晨的天空时，孩子们从睡梦中醒来了。伊沃和米埃伊尔走到"蓝鸥"那里，发现一块巨大的岩石挡住了它通向大海的路。孩子们无论如何也不能把它推到水里，而想把它举起，用手搬过来，力量也是不够的。而且又上哪儿去给它弄一张新帆呢？

伊沃明白了：他们必须在这堆岩石上度过一两天或者更多的时间，直到某只轮船把他们带走。就是说，要尽一切可能找到水。

伊沃和米埃伊尔于是出去找淡水。当他们爬上岩石的顶端时，发现四周空荡荡的，只有石头，光秃秃的石头！两个孩子正想返回，突然间，米埃伊尔发现在岩石中有一条像洞口似的宽大的缝隙，那里冒出一股凉爽的空气。他向那里投了一块石子，很快传过来石头落水的沉闷的声音，孩子们决定去搜查山洞。

他们回到岸上拿来缆绳和信号灯，米埃伊尔还别着一把小斧头。开始他们沿着陡然下降的狭窄的走廊往里钻着，突然走廊穷尽了，呼吸到一股新鲜的空气，并听到了水流沙哑的沙沙声。

他们毫不迟疑地把信号灯拴在绳缆上，开始小心地把它放到下面，峡谷并不像他们起初想象的那么深。

"抓住绳子，我下去！"米埃伊尔说。

他很快到达光束的地方，发现峡谷的出口直通大海，可以自由地驶进一只小船，但这个峡谷在海上却是很难发现的。他向后转，爬上一块岩石，突然他清楚地看到在岩石上放着用石头造的柜子，上面紧密地堆放了一些木箱。

米埃伊尔很快将伊沃唤下，他们借助斧头，小心地启开上面一层箱子的盖，发现那里全是咖啡、烟草、丝绸、武器、甘油炸药等。难道他们撞到秘密仓库来了？

伊沃只从最后一箱拿了些甘油炸药，便盖好箱盖，同米埃伊尔小心地从峡谷中走出。思考了良久，伊沃决定先将阻碍"蓝鸥"的大岩石炸掉，然后到峡谷去。把箱子装上船，运到城里，把它们交给政府。这个计划得到大家热烈的支持。

很快，"蓝鸥"的路被炸通了，孩子们终于推动了"蓝鸥"！多么快乐啊！孩子们很快把所有的家什都拖上船，没多久就启程了。

中午时，在峡谷的入口处抛了锚。米埃伊尔爬上岩石，观察放哨，伊沃和弗拉尼奥把小船划进狭窄的海湾，跳进浅滩，直入峡谷。正当他们刚刚开始装货时，米埃伊尔气急败坏地跑来，上气不接下气地喊道："双桅帆船！"

这是从意大利往斯普利特运送南方水果的"流星"号汽船，它的船员只有四个人，运送水果只不过是掩护，他们主要从事走私。

"流星"靠近岛子了，全体船员都走到甲板上来。一个高个子的没胡须的男人站在船头，手拿望远镜瞭望着。突然他发现了孩子们！

于是"流星"转向海岸，孩子们则惶恐地重又返回峡谷，像鼠笼中的老鼠一样钻来钻去，徒然希望找到一个可供藏身的地方。

但一切都晚了——在峡谷前已站着三个带枪支的人，真正的海盗！

他们将孩子们赶到船板上，然后划向轮船，"蓝鸥"被他们当做了拖船。当孩子们站到甲板上时，米埃伊尔请求道："把'蓝鸥'还给我们，请告诉我们朝哪个方向划，我们才能回家？"

坐在马达旁那个脸上有伤疤的人，走近没留胡须的人，平静地说："现在弄明白那两个被我们从海上救起的孩子说的'蓝鸥'是怎么回事了……"

听到安捷——人们都这样称呼舵手——的话时，孩子们忘记了自己迫在眉睫的危险，竟忘情地欢腾起来。他们终于重新团聚了！

孩子们被关进船舱，这时伊沃开始急于设想从这里逃脱的办法了。他踩在米埃伊尔的肩上，才摸索到顶棚的窗口，在那儿可以清楚地听到甲板上的声音。

洛伦佐——那个没留胡须的人命令安捷留在船上看守孩子们，其余的上岸去装货。

接着，伊沃听到另外三人上了舢板，又听到划桨的声音，知道他们已经离开了"流星"。蓦地一个大胆的计划涌上伊沃的心头。他踩着佩特雷的背，小心地把手指伸进小天窗的窄缝，直至小窗子完全被打开。伊沃将米埃伊尔递过来的棍子轻轻地放在舱口旁边，然后用力把身子向上撑，米埃伊尔用力一推，他就爬上了甲板。伊沃手持木棍，猛地打在舵手的头部，他应声倒下了。其他的孩子也全都爬上了甲板。

伊沃紧握手柄并把它拉向身体，马达开动了，"流星"向邻岛的方向驶去。走私贩子们在岸边咒骂着，开着枪，然而一切都无济于事了。

"流星"充满信心地穿过两岛之间的海湾，然而全体船员中却没有一个知道该怎样操纵这只船，也不知道船究竟向哪个方向开，还要漂流多久？

傍晚，孩子们在一个小岛上抛锚过夜。安捷夜里曾发过高烧，失去了知觉。现在太阳刚刚射出第一道光线，孩子们就起床了。伊沃决定和舵手商量一下，也许会得到他的帮助吧。

伊沃给安捷端来一杯热茶，然后他把自己和父亲的经历都告诉了舵手安捷。安捷专注地听着，当孩子说到他的父亲回到小村而没有带回汽船，也没有带回渔民们筹集的那笔钱时，舵手的脸色苍白了，眼睛也睁大了，他好像被一种痛苦的回忆折磨着。

"解开我！"安捷请求道。

伊沃从腰中掏出刀子，割开了俘虏手上的绳子。从伊沃手中拿过刀子，安捷又割断了脚上的绳子，他把右手伸给孩子，用压低的声音说：

"这是我的手！这是你的，不会跑掉的，现在带我到甲板上去！"伊沃打开了底舱的门。

安捷坐到桅杆上卷起的缆绳上，点起一袋烟抽起来，接着，他给围坐成一圈的孩子们讲了他的经历。

"我以前是个真正的船长，后来由于对金钱的渴望和对不可估量的财富的梦想搅浑了我的头脑，我开始在自己的水手身上打算盘。但这种卑鄙行径很快被揭穿了，我只好离开轮船，和"流星"号上的那些人混在一起。在港口的酒吧间里，我们进行肮脏的赌博，叫那些我们用合法和非法手段诱骗到赌桌上来的海员们输得精光。正在这时，港口出卖'流星'号，吸引了一些买者，伊沃的父亲也在其中。我们将他诱到酒吧间，往他的杯子里放进了麻醉剂，偷走了他的钱。从那以后的海上生活中，我们曾被海关人员抓住，为了逃生，我们还杀了人。从那天起，我就永远失去了内心的平静。现在我遇到你们多么好呀！吸收我做你们的船员吧！给我一个悔过的机会。"

伊沃紧盯住安捷，在一阵难堪的沉默之后，终于向安捷伸出了手，喊道："您是我们的！"

"蓝鸥"号全体船员就这样开始了新生活。

安捷发誓要永远地与过去告别，他开始热情地教孩子们所有的航海知识。没过多久，孩子们就不亚于有经验的海员了。

安捷想：这些孩子都是渔民的后代，他们永远不会抛弃渔业改行做别的。于是在乌尔齐尼港，他帮助孩子们将老"蓝鸥"卖掉，把"流星"改造成一艘真正的曳网渔船，新的"蓝鸥"！

10月初，大家带着新网，开始了第一次试航。安捷曾不止一次地给孩子们讲解应该如何从海底慢拉曳网，鱼又如何落在网上。他在纸上标示出鱼群绕过的海流和各种鱼群聚集的地方；指出虾蟹麇集之处。在这几个月里，孩子们对于海比他们的父亲知道得还多了。

网被悬在船上方了。安捷从下面解开它，大大小小的海物倾泻了满满一甲板，可观的捕鱼量！伊沃父亲的理想终于实现了！

傍晚，安捷又给孩子们讲了许多海洋生活中有趣的事——这都是作为一个海员应该知道的。就这样，他们成了真正的海员——伟大海洋的孩子们。

终于到了返回海鸥岛的时刻，孩子们快乐而激动。

当船驶出港湾时，孩子们发现一个褐色船身的单桅帆船，那是洛伦佐的船。"蓝鸥"全速前进，突然一声枪响，安捷应声倒在地上，子弹穿透了他的胸部。安捷用微弱的声音对孩子们说："在舱位里……小箱子里……那里一切都写着……"他的生命就这样熄灭了。

他们努力摆脱褐色单桅船的追踪。

这里离故乡的海岸已经很近了。

但是傍晚，突然刮起了风暴，"蓝鸥"的燃料也用尽了。风暴把船推向无法攀登的岩石，狂怒地把它掷向暗礁，这是最可怕的事！

突然，伊沃跑回舱里拿出一个小箱打开。

"照明信号弹！"米埃伊尔喊道，"放！"

一颗颗红色的信号弹划破了昏暗的天空。

不久他们便发现一只驱击舰迎面开来。舰长问明情况，抛下缆绳，孩子们很快将缆绳系在桅杆上。顺着缆绳，水兵们给孩子们送下了一大桶汽油。一切就绪后，驱击舰离开了。

米埃伊尔给机器添上油，几分钟后，它又突突起来了，"蓝鸥"顽强地向最近的港口驶去。

破晓时，"蓝鸥"静静地在安全的港口抛了锚。

早晨，当孩子们醒来的时候，他们发现在海岸上高耸着一座灯塔。

孩子们沿着灯塔的螺旋形梯子往上攀登，走进了一个很小的小屋，一个检察官接待了他们。

听完他们的遭遇，检察官打心眼里想帮助这些少年航海家们。但是他告诉伊沃，必须有白纸黑字的证件证明"蓝鸥"是他们的财产，否则很可能失去它。

这时，伊沃忽然想起了什么。他跑回船舱，拿来了那只安捷曾说过的不大的铁皮箱子。米埃伊尔用钻头和凿子费了很大的劲才把它打开。在那里，孩子们发现了一个由斯普利特海关发的盖有邮戳的信封。它的下面还有一张字条，上面安捷写着："伊沃，如果我出了什么事；请把这封信交给寄信人。"

检察官很高兴地告诉伊沃，这就是证件。

伊沃仔细想了想，原来一切并不像想的那么简单，于是他请求检察官和他们一起去斯普利特的港务办公厅。检察官高兴地答应了。

正当孩子们准备上路时，他们猛然发现"蓝鸥"正张起所有的帆，全速驶向了公海。

原来，洛伦佐一直驾着自己的小帆船跟踪着"蓝鸥"，一直来到这个港口，趁孩子们上岸的机会，偷走了没有船员的"蓝鸥"号。

孩子们悲伤地在海边徘徊着，只有检察官一个人情绪没有低落。半小时后，他带着孩子们乘着他的帆船向斯普利特驶去。检察官熟知港务规则，他们顺利地靠了码头，来到港务局的一个高大建筑物前。

检察官向一个穿海军制服的军官讲述了孩子们的故事。那个军官起初怎么也不相信，可当他看到安捷的那封盖了邮戳的信时，他的脸变得严肃起来，"太好了！现在整个走私匪帮被揭露了！我们曾无结果地狩猎他们三年！"

军官马上抓起电话，通知海港保卫部的所有哨所，一定要查明双桅船"蓝鸥"的位置。

孩子们热情地与灯塔的检察官告别了。

大概，我们该回到海鸥岛上的小渔村了吧。

从那个暴风雨的夜晚以后，"蓝鸥"失踪的消息传遍了全村，渔民们找遍了邻近所有的岛子，甚至连城里也去过了，但小帆船始终没有出现。

夏去冬来，人们几乎失去了最后的希望。

圣诞节前不久从城里给尤斯特寄来一份通知单，请他准时到斯普利特港务局去一趟。在米莱娃的请求下，老尤斯特带着她，第二天大清早就到了斯普利特。

在港务局大厦里，老尤斯特又见到了我们的英雄：伊沃、米埃伊尔、尤列、弗拉尼奥、佩罗和佩特雷。看到他们那被风吹日晒得黝黑的面孔，尤斯特惊叫一声，紧紧地抱住伊沃的头，激动而欢乐地痛哭起来。米莱娃也欢呼着扑向伙伴们。这里顿时充满了狂欢的气氛。

当人们告诉孩子们"蓝鸥"已被弄回港口时，孩子们的眼睛闪出快乐的光芒。原来一个商船发现了"蓝鸥"的行踪，"蛇"号驱逐舰接到报告后立即出动，在接近意大利海域的地方挡住了"蓝鸥"的去路……

现在该回家了。米埃伊尔已在马达旁忙碌开了，佩特雷显然是个优秀的舵手！而尤列、佩罗和弗拉尼奥在那儿灵巧地操纵着帆，仿佛这是一件极平常的事！

"蓝鸥"全速向海鸥岛驶去。在海的上空，响起了少年海员们快活的歌声。

"很好，父亲的债被偿还了，他的过错会被忘记的。"伊沃说道："我们将永远是'蓝鸥'号船员！我们村的每一个渔民，只要他愿意和大家在一起，并付出诚实的劳动，都会在这个甲板上找到自己的位置。大海的财富对多少人都够用！"

远方呈现出了海鸥岛的轮廓。

今天是星期日，渔民们坐在码头上抽着烟。当他们看到"蓝鸥"号时，觉得很奇怪：

"这只大轮船在咱们这海湾里需要什么呢？"

船上的帆全收起来了……海员们跑到前甲板挥着手。现在可以看到船的名字了："蓝色的海鸥"……妇女们醒悟过来，再跑到岸上去迎接这亲爱的帆船。她们看见了自己的孩子在甲板上。欢乐的呼声响彻了海岸……

马达不响了，船慢慢地靠了岸。

　　"蓝鸥"抛了锚。

　　　　　　　　　　　　　　　　（吕爱丽　缩写）

弯 曲 的 蛇

〔澳大利亚〕帕·赖特森　原著

　　假期将临，约翰、彼得、罗依、杰妮凑到一起商量怎样度过有趣的假期。他们成立了一个秘密团体，叫作"弯曲的蛇"。

　　不料，这个刚刚成立的秘密团体却被斯派克和斯魁克这对孪生姐妹窥见了马脚。

　　"她们在跟踪我们。"放学的路上，罗依发现那对孪生姐妹一直跟在他们后面。他们可以听到身后的脚步声以及窃窃私语、咯咯发笑的声音。突然，后面的脚步声加快了，一阵小跑，孪生姐妹赶上来同他们肩并肩走在一起。"你们好，"她们洋洋得意地打了个招呼，斯派克还加上了一句："你们这是到哪里去呀？"

　　"当然是回家喽。"社长约翰回答说。"你们这是到哪去？"

　　"我们要给山上一个人捎个信……"

　　"捎什么信？"约翰小心翼翼地问。

　　"实际上是我们在你们前门附近草地上捡到一张纸条"，斯魁克解释说，"你们看，这就是。上面写道：'弯曲的蛇秘密社团原定星期六在采石场召开的会议将推迟到下午两点。社长'。"

　　大家默不作声。

"我们不知道什么蛇不蛇。"罗依终于说。

"不过我们看见蛇会告诉你们的。"杰妮顺口许了个愿，彼得爆发出一阵神经质的笑声，约翰似乎并不忙着做出决定。

"那好，"斯派克点点头说，"你告诉他们星期六在采石场多多留心我们，我们说不定会亲自去看看他们。"

星期六天气晴朗，阳光灿烂，清风送爽。四辆自行车已被推到公路上，"弯曲的蛇"社团准备出发去举行第一次入社仪式。历尽千辛万苦，终于来到采石场。四位成员各自都戴上了用黑色丝袜做的面罩，看上去确实显得很神秘。

孪生姐妹也出人意料地登上了寂寞荒凉的采石场。她们继续往前走，突然从碎石机背后闪出了几个古里古怪、蒙着黑面罩的人，向她们包围过来，她们的心剧烈地跳动着。

"你们已经落入'弯曲的蛇'社团手里，你们可以选择，参加社团，还是受罚。选择吧。"个儿最高的那个蒙面人用严肃的声调说。

"选择入社！选择入社！"两个女孩异口同声地做出了选择。这是她们早就希望的。

经过对孪生姐妹俩长时间的提问，杰妮、约翰、罗依和彼得终于齐声说道："欢迎你们参加'弯曲的蛇'社团。"并且为其举行了别开生面的入社仪式。杰妮向大家宣布了社规；"第一条：社团的一切都属秘密，如有泄露，将受荨麻刺身的惩罚；第二条：任何事情一经决定，所有成员必须遵守，第三条：社团将选举一位社长作为领导人，第四条：任何社员都不允许做给家长协会和市民协会带来麻烦的事情；第五条：社员不能留给外人任何可供利用的证据；第六条：任何社员有麻烦，全社团都要帮助，一个社员的敌人是全社团的敌人；第七条：任何社员违犯社规都将受到审判，社团可以采取任何形式对他进行处罚，第八条：社员被开除，从开除之日起为社团的敌人，社团将对他不断发起攻击。到目前为止就这些。

　　之后，大家点起了篝火，准备他们的午餐。烤了牛排，黄油面包，还有土豆。大家刚心满意足地吃完，突然下面溪谷不远的地方传来了清脆的枪声。

　　野餐队收起用具，把火完全熄灭。这时每过一阵总有枪声传来，一会在这里响，一会在那里响，不过总离得很近。

　　"弯曲的蛇"开始静静观察。他们的一双双眼睛都在悄悄搜索阴森森的丛林。一分钟过去了。步枪又响了起来。几乎同时彼得低声说："那是伯特·泰森。"杰妮说："那是瑞德·米勒。"约翰要站起来，左边又响了一枪。斯派克说："是海瑞·金和托米·伊万斯。海瑞手里拿着一支枪。"

　　"那是他哥哥的枪，"罗依猜想道，"是一支0.22口径的步枪。"

　　"控告他们，我们控告他们！孪生姐妹一致要求。

　　约翰镇定地带领大家走出树林，来到陡峭、空旷的山坡上。在他们下面站着四个比他们大一些的孩子。四个人看见社团的人员时，咧开嘴笑了起来，挑战似的呼喊着。伯特举起了步枪。

　　约翰警告队员说："镇定。他们只想显示一下，我们跟他们一般见识，正中他们的下怀。继续往前走，我们尽量绕过这边。同上了子弹的步枪纠缠是不明智的。"

　　"弯曲的蛇"继续走自己的路。

　　"对不起，我们让你们受惊了！"伊万斯嘲笑说，接着他们全都带侮辱性地哈哈大笑起来。

　　社团成员气得咬牙切齿，同时小心翼翼往下爬。大家都在心里暗暗地想：迟早有一天我们要向那些危险人物开战的。

　　可是，第二天，麻烦又来了。约翰的爸爸对约翰大发雷霆，原因是乡间的费古逊找来，说这些孩子们昨天在乡间乱窜，开了他们的栅栏门也不关。

而事实上，约翰他们每过一道门都好好地给关上。杰妮在关第二道门时，斯派克还给拍了照片。

说起拍照，这里要顺便交代一下，"弯曲的蛇"社团总随身携带着照相机，看到有什么有意义的东西往往都要有目的地拍摄下来，要为这一地区建立一个档案，并把这种做法取名为"图片考察"。他们后来拍了很多很有价值的照片呢。

回过头来还要说栅栏门的事，既然关好了，为什么又开了呢？一定是又有人打开的。

"瑞德·米勒"，罗依肯定地说。

"就是那些无赖！"斯派克气愤地说。

"现在最重要的是，"约翰提醒他们，"不要再惹出任何麻烦。再出麻烦，家长和市民就会让我们的社团垮掉的。"

那么"弯曲的蛇"关于栅栏门的事又采取了什么妙计呢？待会儿你就知道了。

"弯曲的蛇"又出动了，他们不断地了解这一地区的乡村、动物、植物，还掌握了这一地区有黄油厂、木材厂、煤矿、牛肉加工厂四种工业，并把他们自己攒钱买来的胶卷装上相机，都一一认真地拍了照片，分门别类地放在相册上，精致极了。这一天，他们帮着司机罗伯逊卸完了货物。罗伯逊说："既然你们全都热衷于背着照相机到处转，我带你们到一片禁猎区去看看，那里很少有人知道，因为那里有许多珍贵的野生动物，一旦出了名，肯定会有人去放枪打猎的。我知道你们会保守秘密的。"

"弯曲的蛇"下一步就是考察禁猎区了。可是，这一计划在他们的一次商谈中，被瑞德·米勒和伯特·泰森偷听到了。

"弯曲的蛇"社团的六个伙伴走在去往禁猎区的路上。他们探索出来的那条牲口路线沿着一条条山脊逐步升高，路旁的灰桉树和血木树浓荫如盖。

他们穿过牧场，沿着小道到了对面围墙开的一道门前。约翰打开了门，社团成员都过去后，约翰推回门闩，从衣兜里掏出一卷黄色胶纸，撕下一块，舔了舔有黏性的一面，把一头贴在门闩拴住两个门框的地方，另一头往上绕贴在门框里。这样，就可以证明他们的确关了门，就不会被别人嫁祸于他们了。

他们来到了禁猎区，把自行车藏好。他们一边慢慢地朝前走着，一边打量周围。桉树的树干像一根根旧教堂里的柱子，清冷的光线从灰绿色的桉叶缝里透射下来。头上是绿色的枝条、绿色的藤蔓，地上是绿色的蕨类植物和匍匐植物，死木材上长满了绿色的苔藓。除了能照进阳光的林间空地外，甚至连光线也是绿的。他们走的这条小路，脚一踏上去，干树叶就发出嘎吱嘎吱的响声。不时还有美妙的流水声传来。也不时地看见鸽子和美洲鹤在那里踱着步。整个世界美丽奇异，也阴森可怕。

"幸亏我们没有把危险人物引来。"约翰说。

小路到了尽头。社团成员往前面树林里张望，只见有一座陡峭的小山。山上岩石耸立，直冲云天。

"这是打仗的好地方。"彼得赞叹道。

"好啦，我们不能再往前走了，"杰妮说，"我们再不往回走，天黑前就到不了家了。"

于是他们就折头往回返。有一次，他们停下来，异口同声地宣布："我们宣布这块地属于'弯曲的蛇'社团，我们将用生命来保卫它；否则我们将受到荨麻刺身的惩罚。"

他们走出禁猎区，找到放在那里的自行车，回去的路大部分是下坡，他们很快就骑了一半路程。这时约翰忽然刹住了车：

"嘘——危险人物！那几个无赖正穿出树林下山坡来。快，在篱笆下面躲一躲再下山。"

"他们是来侦察我们的。"斯派克说。

"这条牲畜路线不会把他们带进禁猎区的。"彼得满有希望地说。可是他猛然又发现，他在禁猎区捡来插在自己衬衫纽扣里的火鸡羽毛现在正插在危险人物海瑞的头上。"我的羽毛，一定是在爬出篱笆时丢的。"

"哎呀！"约翰叹息道："这就坏啦。他们现在不知道的事情很快就会给他们发现的。"

回来之后，"弯曲的蛇"研究了对付那些无赖的对策，并侦察到了那些危险人物下星期将有一次一整天的出猎活动，只是不知道具体是哪一天。同时，他们开始冲洗胶卷、整理图片，做着一些精细的工作。并且就他们考察的结果，给保护部长写了一封很有建议性的信：

亲爱的部长阁下：

我们知道在我们附近有一片禁猎区，它应该是一个真正的植物保护区。前任看林人伯利先生说，当初考察这一地区的考察员曾经说过要把它划为保护区，可是森林办公室的地图弄错了，光把它叫作国家森林。人们在那里砍伐木材，假如它是植物保护区的话，那里的木材是不应该砍伐的。

您能阻止他们这样做吗？在禁猎区有灌木丛，有藤蔓植物，还有许多邦加罗棕榈林。大树并不多。如果他们把所有大树都砍掉，也许会造成灌木、鸟类和其他动物的死亡，因为砍倒树木时会造成破坏。

您的忠实朋友

大家在信上都郑重地签上了自己的名字，之后，孪生姐妹回家时，顺便把信寄掉了。

已经是暮色沉沉了。斯魁克说："明天我们订一个计划阻止那些危险人物到不该去的地方打猎。"正说着，他们看见一只已经死了的飞松鼠在他们房前的地上，它旁边有几个用树枝拼成的字："谢谢你们告诉了我们。"

"我们告诉了他们什么呢?"约翰沉思着,"我们刚才谈论如何去禁猎区,斯魁克谈过野生动物,彼得还丢失过火鸡羽毛。"

杰妮小心地捡起地上的飞松鼠,"瞧,它是被枪打的,这些坏蛋。那些危险人物要我们知道,他们已经找到了禁猎区。好吧,我们知道啦,那就意味着开战。"

那天上午总部里有一种新的气氛。孪生姐妹早已忘掉了保护部长,约翰已不再担心他们的家长。工作台上放着被杀的松鼠,柔软的"翅膀"展开着,灰色的尾巴像个粉扑。"我们怎么办呢?"约翰提出了问题,大家都在认真思考。

"他们是逃脱不了罪责的。"斯魁克说,"大门的事就够卑鄙的了,不过那还只是一种恶作剧。这回竟然把这小东西直接带到这里来。现在倒要让他们看看,我们是不是毫无办法。"

经过周密的商讨,最后决定:第一,把一张蛇的照片留在敌人的总部,表示宣战;第二,由罗依探听敌人出猎的具体日期;第三,设法把敌人引到事先选好的地方,再和他们开战,同时找一个市民潜入森林,当场抓住他们。

现在咱们看看罗依。罗依提前吃了晚饭,天一黑就潜入到了敌人的总部附近。总部里没有人,罗依把蛇的照片贴在窗子上,然后他隐蔽起来。20分钟慢慢地过去了,他的脚开始发麻。他决定数六百个数,如果数完了他们还不来,他就取下挑战标记回家。他刚数到二百五十,就隐约听见了脚步声。不一会,总部屋里的灯就亮了。罗依紧贴着墙凑了过去。几个影子在屋里晃动。他听到了海瑞·金的声音,然后猛地是瑞德·米勒的惊叫:"嗨,你们看!一条蛇的照片。见鬼,它是怎么贴在那里的?"

"这样干的目的是什么?"海瑞·金气鼓鼓地问。突然伯特·泰森哈哈大笑起来。

"我明白了,"他说,"是山上那些孩子干的。他们收到了我们的飞松鼠,全都被我们激怒了,可怜的孩子们!所以他们想用一条蛇的照片来吓唬我们!"

"幼稚!瞧瞧,用一张照片!"又是一阵狂笑。

"我们可不能伤害他们的感情啊,"米勒嘲笑道,"我们下星期三旅行之后,再给他们送一只火鸡。他们不是丢给我们一根火鸡羽毛吗?"

"我们星期三早点去。子弹没问题,我又弄了四盒,又借了一支枪。"

"那很好。现在找根钉子把幼稚园小朋友给我们的漂亮的照片挂起来。"

罗依的脚更麻了,他开始沿墙慢慢移动开去。他兴奋,终于探听到了敌人出猎的具体日期。同时也气愤:"哼,幼稚园小朋友!"他厌恶地喃喃自语,但一想到斯魁克听到这个词脸部会有什么表情,他又乐了。

敌人的底细已经知道了。于是,"弯曲的蛇"详细地侦察了战场,做了细致的安排,考虑了战斗时可能出现的各种情况,确保做到万无一失。他们在一次运动会上,在敌人面前偷偷地谈论禁猎区那片空地附近有火鸡窝。敌人以为又得到了线索,殊不知这是"弯曲的蛇"对敌人下的诱饵。他们已在那块空地上建好了城堡,就等着敌人进这个圈套了。他们准备了面罩、四个果酱瓶、石块、树枝、棕榈树叶,还带上照相机,许许多多的武器,够他们用上一年了。

星期二日子很难过,是假期里最长的、过得最慢的一天。

星期三早晨天还灰蒙蒙的,"弯曲的蛇"社团就出发了,6点半左右,就到了城堡。

"大家各就各位。祝大家胜利!"约翰说。

"祝你们顺利!"

"祝你们顺利!"

大家分头行动了。接着便是一片寂静。

等待的时间似乎很长。突然，有步枪声传来。大家警惕起来。约翰和罗依戴上面罩，纹丝不动，他俩的任务是一会偷着跑去叫人求援。这时听见脚步在干树叶上踩出沙沙的响声——敌人现在一定离得很近了。是的，敌人就在小路上，米勒和泰森拿着枪，而金则提着一只猎物袋。

"这就是小路尽头，"伊万斯说，"附近应该有一个火鸡窝。"

金发现了火鸡窝，这些危险人物朝火鸡窝走去。

"嗨，抓到你们了！"斯魁克和彼得大声喝道。危险人物听到这突如其来的喊声着实吃了一惊。

"等照片印出来再瞧吧，"斯魁克嘲弄道，"把照片朝森林办公室一送就有好戏看了！"其实，这是"弯曲的蛇"订的一个计策。由于早晨的森林里光线很暗，根本拍不出清晰的照片，他们只是想用这一招，引诱危险人物放下手中的枪，来夺他们的相机，这时隐蔽在下边的约翰和罗依就可以偷着把枪藏起来，之后他俩就可以去求援了。

瑞德·米勒把步枪塞给泰森。"照管好枪。伯特上！伙计们，把那架相机夺过来。"金放下猎物袋，他们三人就一起向前冲去。

"吓，伯特·泰森快来，这些家伙钻进洞里躲起来了！"泰森也放下枪，跟他们冲了过去。

机会来了。快！快！约翰和罗依溜了出来，穿过小路，小心翼翼地来到枪跟前。想不到枪会那么重，手会那么笨。他们轻松绕过蕨类植物，回到灌木丛，注意不留下痕迹。他俩把两支步枪和猎物袋藏好了，都徐徐地吸了一口气。于是，他俩便偷偷地去求援了。

城堡的卫士们正在激烈地战斗。危险人物涌到城堡周围寻找着爬坡落脚的地方。卫士们急忙抓起武器，疯狂地挥动。米勒抓住石头往上爬，斯魁克又用棍子猛砸敌人的手，米勒掉了下去，用嘴吮吸着被砸伤的手指；

想从另一边往上爬的伊万斯，脸上被倒了满满一果酱瓶泥灰，也发出急促的叫喊掉了下去。

"你们这些小魔鬼！"伊万斯一边揉眼睛里的沙子一边叫喊着，"等我们上来你们别后悔。"

气喘吁吁赶上来的伯特·泰森喊道："干嘛不揭开愚蠢的面罩？我们知道你们是谁。"

"我们是幼稚园小朋友！"斯魁克恶狠狠地回话。

"原来你们一直在侦探我们，呃？"米勒大声嚷道，"快把相机给我们！"

"上来拿吧！"斯魁克喊。这时斯魁克拿着棕榈树叶向前冲了一下，"这边！把泥灰递给我！"彼得跳起来帮助她。泰森正抬头往上看，斯派克往他头上倒了一罐头泥灰。

"幼稚园小朋友！幼稚园小朋友！"斯魁克在喊叫，杰妮在愤怒，"飞松鼠！飞松鼠！"的声音此起彼伏。

危险人物又退回去喘气，怒视那些戴面罩的人，他们正在城堡边上窥视。"他们气得要发疯了。"斯派克很开心地说。

米勒喊到："你们这些小孩子别自以为聪明，你们打算怎么下来？不给我们相机，我们一直把你们包围到明天早晨。"

"幼稚园小朋友！"斯魁克高喊。

"马上把相机交出来，你们会后悔的！"伊万斯喊道。

"飞松鼠！"杰妮喊道。

窃窃私语一阵，泰森和金钻到灌木丛去了。

敌人的第一次冲锋就被打得落花流水。城堡的卫士们有了片刻的休息，他们想：现在约翰和罗依怎么样了呢？

此时，约翰和罗依胸口发疼喘不上气来，正摇摇晃晃穿过看林人伯利家的大门，朝屋子里奔去。一位蓝眼睛、圆脸的老太太正在厨房里摆早餐桌。约翰气喘吁吁地说明来意，请求伯利前去帮忙。老太太点点头，"他肯定会去，但他骑马拿挤奶工具去了，恐怕你们得等一会儿。"约翰和罗依焦急地等待着，他们一点也没听进去老太太说了一大堆安慰的话，他们只惦记着城堡那里的事。

城堡里，卫士们不知道下一步怎么办。泰森和金拖了一根很长的枯树枝转回来。

"大家都趴下！他们想把我们扫下去！"斯派克大吼起来。

树枝是够长了，但是太重，移动中没有多少力量。卫士们把自己的重量压在树枝上往下推，树枝颠簸着翻下岩石，而树枝另一头却把危险人物冲倒了。

瑞德·米勒站起来，脸气得煞白。"拿枪来！"他嚎叫着。

米勒前去拿枪。不一会又传来他的嚎叫："伯特！你把枪放在什么地方？枪不见了。"

泰森冲了过去，少顷又和米勒吵嚷着跑回来："那些枪是怎么回事？"

一时间"弯曲的蛇"的成员不知如何是好。突然杰妮挥舞起相机来。

"我们尽量把他们气疯了头，"她一面嘟囔一面把相机挥得高高的。

斯魁克有意插话："现在谁是幼稚园小朋友？"

这可真起作用，危险人物无心去找枪了，又向城堡冲来。米勒气急败坏地胳膊一扬抛出一个什么东西。

杰妮感到有一个破罐子砸在照相机和她手上。她低头一看，只见照相机被砸碎了，脚边有一个锯齿状的石头，手上也渗出血来。

彼得气得浑身发抖，他跳到城堡边上，挥舞着树枝，叫骂着："好啊，米勒，接着！给你，泰森！怎么样，伊万斯！你们这些蛮牛！懦夫！下次找个跟你们一般大的较量！金，给你一下！来呀，谁还想多来点？你们这些凶恶的大蛮牛！怎么不往上爬呀？"

危险人物并不发起攻击。泰森喊道："你们要对此付出代价的！"

米勒说："不管怎么说，我砸烂了你们的相机，胶卷报销了。我们回家了。"

金抗议说："我们不能回家，我们的枪呢？"

伊万斯插话说："听！什么声音？"

"弯曲的蛇"的成员们也在听。他们听到灌木丛里的脚步声，有个市民在说："穿过这里，是不是？"

"快走，我们不得不把枪放在这里了，有人来啦。"危险人物沮丧地嘟囔着。

"有救了！他们来了！"卫士们欢呼着。

危险人物想找个地方溜走。援救团穿过灌木丛正好看到他们。看林人伯利跨了三大步，抓住伊万斯的一只胳膊："让我来认识认识你们四位……看来你们中任何人都没到拿枪的年龄。"

解放的卫士从城堡上爬下来，接受约翰的检阅。约翰欣慰地望着他的队员们。

"那些步枪呢？"伯利先生问。

约翰领着大家取回步枪和猎物袋，伯利先生摸摸袋，拖出一只死鸽子。一根白木条穿着鸽子的喉咙，沾满了血污。

在赃证物证面前，危险人物竟然还想抵赖。"弯曲的蛇"据理力争，机智的伯利先生使危险人物的言行自相矛盾。危险人物彻底崩溃了。伯利先生最后对他们说："我要先负责管理这些枪支。再打电话给森林办公室和警官，由他们侦察事情的真相。枪支的所有人可以到警官那里去取回枪支，至于对你们的处理，我回去和有关人员再商量。"

"弯曲的蛇"欢呼雀跃着，带着缴获的战利品，和伯利先生一起凯旋，留下一群垂头丧气的危险人物相互怒目而视。

那天的其余时间似乎是一个激动人心的狂欢节，大家相互问候着，回顾着战斗的精彩场面。唯一感到伤心的是：他们的珍爱的相机在战斗中

"殉职"了。

那天下午有一个严肃的时刻。警官来总部会见社团成员，另外还得向家长做些解释，家长之间进行了许多磋商。结果社团不得不通过一条新的规则："规则第九：社团不得向任何比他们大的人宣战，没有家长的允许，不得用危险的武器武装自己。"

假期匆匆而有意义地过去了，开学的第二天，"弯曲的蛇"收到保护部的一封信：

亲爱的孩子们：

我们怀着极大的兴趣读了你们的来信。你们的信已转送到森林委员会，并附上了我们进行调查的要求，以便把你们提到的那一地区宣布为"植物保护区"。

保护部

孩子们欣悦地读着信，感到自己的行动是值得的。

没过几天，学校为六个孩子举行了颁奖晚会。校长、老师、家长及市民协会主席都出席了。同学们演出了丰富多彩的文艺节目。六个孩子被一一叫到台上，校长发表了热情洋溢的讲话，校长最后说：

"女士们，先生们，这些孩子对他们所在地区进行了摄影考察。他们自己选择项目，自己冲胶卷洗相片，没在任何人的指导和帮助下，完成了一件精心而伟大的杰作，足以说明这体现了他们聪明的才智和主动生活的精神。我们考虑，这一创作值得给予非常特别的奖品，我们认为我们选择了孩子们最喜欢的东西。所以我很高兴代表学校赠给你们每个人——"（稍等了一会儿，一个老师提着一个大纸盒走上舞台。）

"真棒！"彼得惊喜地说："照相机！"

台下掌声热烈。社团成员为每个人得到一个崭新的盒式照相机而兴奋不已。

"谢谢您，先生。非常感谢您。"约翰给校长行了个礼。

"下个假期你们瞧着吧！"斯魁克欢呼道……

（孙天纬　缩写）

六伙伴在埃菲尔铁塔

〔法国〕保罗—雅克·邦宗　原著

在法国里昂车站，去往巴黎的列车缓缓地启动了。

我们这个故事的主人公毫不顾忌他那光滑得像台球一样的脑袋瓜，把无沿便帽抓在手里，伸长手臂，使劲地挥动着，向为他送行的伙伴们告别。

"一路顺风，光头！一到那儿就给我们来信呀！"小伙伴们在车下喊着。

所谓小伙伴们，也就是玛蒂，六个人中唯一的一位姑娘……不过，是一个多么机灵的姑娘啊！还有脑瓜子灵活的拉·基利，老是蓬头乱发的"小个子"尼亚弗龙、肉铺伙计的儿子比斯泰克，还有迪杜以及跟他形影不离的那条训练有素的猎狗"卡菲"。

列车逐渐加快，卡菲似乎想跟列车比个高低，跑得越来越快，好像要跟着跑到终点一样。然而，跑了一段路之后，它不得不放弃这疯狂的比赛。它吐着舌头，神色不安地回到主人身旁，似乎在问："怎么啦，迪杜？你竟让光头一个人走啦？"

光头这次去往巴黎是照顾跌伤的姑姑的。这是他第一次去首都，他和伙伴们很早就向往巴黎，向往巴黎的埃菲尔铁塔，那种热切的心情就像中国的孩子向往北京、向往北京的天安门一样。

然而这次巴黎之行，却引发了一段侦破与反侦破、盗窃与反盗窃的惊险故事。

光头到姑姑家的第二天，把屋子收拾完毕之后，姑姑就把一张一百法郎的大票子塞给他，让他到街上玩玩，看看巴黎的景色。光头推辞不掉，就只好接了过来，把这张大票子连同他自己积攒下来的五张10法郎的钞票放进了钱包，然后，把姑姑需用的东西都放在她伸手可及的地方，这才走了出去。

光头穿街走巷，迈着大步急匆匆地往马斯练兵场走去。这时，埃菲尔铁塔已经光彩夺目地出现在他的眼前。离塔越近，塔的四条腿似乎叉得越开，塔身越显得巍峨。

终于来到了塔下。他穿过熙熙攘攘的人群，找到售票处买了票，恰巧检票员也是里昂口音，碰上个老乡也是一件值得高兴的事。老乡热情地拍了拍光头的肩膀："好好玩吧。"

光头踏上扶梯，开始攀登。当他登上一个宽敞的、中间有个空空的赫然的大洞的平台时，累得几乎喘不过气来了。这里不仅有卖明信片的，卖纪念品的，还有好几家咖啡馆和一家显然不是随便什么人都可以问津的豪华餐厅。卖胶卷的小贩生意十分兴隆，到处都听见揿动快门的咔嚓声。

光头既觉得好奇又感到兴奋，在平台上整整转了两圈，才找到上第二层的扶梯口，于是又开始向上攀登。第二层平台终于到了，它比第一层小一些，但热闹劲儿丝毫未减。这平台高出地面115米。不过，最高一层比这儿还要高出两倍多呢！在顶层能看到多么壮观的景色呀！

他乘上电梯，到了第三层。狭窄的回廊上，尽管游人依然很多，但却没有一个人作声，甚至连铁塔下市区沸沸扬扬的喧闹声也听不见了，一片寂静。整个城市在脚下铺展开来，变得十分遥远。蒙马特的圣心院、先贤祠的穹宇、圣母院的钟楼……许多巴黎名胜尽收眼底。

"啊！要是我的同伴们也在这儿，那该多好啊！"光头心想。

他兴致勃勃地在回廊上转了好几圈，然后下到第一层平台，买了一张纪念明信片，给里昂的伙伴们寄去了。他又看中了一种镀金的埃菲尔铁塔模型，准备买下来给玛蒂寄去。

光头选好了一个，然后掏了掏口袋准备付钱……咦，钱包不见了！

他翻遍了所有的口袋，没有，什么也没有！他的脸色刷地变得煞白。光头冒着摔断腿的危险，三步并作两步地冲下三百多级阶梯，跑到检票员那儿。

检票员听了情况后，分析说："很可能被人掏了，这种情况在这儿经常发生。"

"被人掏了?！我的身份证还有几张好看的照片还在钱包里面呢……噢，我想起来了，在我写明信片时，我的肩膀被一个游客碰了一下……不过，万一我的钱包确实是自己搞丢的呢?"

"那么，你可以到对面失物招领处去问问。"

在失物招领处，光头意外地认回了自己的钱包。不过，里面只剩几张照片了，那140法郎和身份证都不见了。

"钱包被一位外国游客送来时就是这样，是在铁塔下捡到的。"一位职员说。

"铁塔下?可我是在第一层平台上丢的呀。"

"也许是从那儿扔下来的，……历来如此。那些扒手把东西或钱搞到手后，就赶快把可能连累他们的赃物扔掉。"

光头垂头丧气地回到姑姑家，一整夜都没睡好。最后，光头决定要把这件事弄个水落石出！于是，光头开始了他的侦破行动。

光头再一次来到埃菲尔铁塔。他开始在塔下兜圈子，仔细观察游客的面容，特别留意那些看来对风物景致不大感兴趣的人。

当他走到一个卖冷饮的地方时，忽然他觉得一个游客似曾相识。此人衣着笔挺，胸前挂着照相机，寸步不离冷饮摊，好像在等什么人。

光头耐着性子静静地观察着。突然，他发现那位游客环视了一下四周，就挤进一群外国游客中间。这人突然以闪电般的逻度将一只手伸向一位游客的衣袋。几乎与此同时，这位游客回过头来，高声叫道：

"抓住他，小偷！有人偷我的钱包。"

"我看见了！"光头急切地说。

"在哪儿？"

"不知道。……不见了。肯定……"

一个闻声赶来的塔警打断了光头的话："怎么回事？"

塔警用锐利的目光打量着聚拢来的好奇的人们，最后把目光落在了光头身上。

"你是干什么的？证件呢？"

"我的身份证昨天被人偷走了。"

"你把兜里的东西掏出来看看。"塔警起了疑心。

光头抗议也没用。掏就掏吧，反正钱早被人掏光了。

可是，当他掏第二只口袋时，手指却触到了一个柔软、光滑的东西，他疑惑地把它拿了出来。

"我的钱包！"游客尖叫。

光头脸色煞白，呆若木鸡，简直不明白是怎么一回事。

一只有力的大手抓住了他的胳膊，"走！跟我走！"

光头稀里糊涂地就被带到了警察署。

然而，不论怎么说，塔警是公正的，经过详细盘问和调查，终于把无辜的光头给放了。

有过这次受冤枉的经历后，光头着实委屈了两天，但很快他又恢复了信心，又开始了侦破行动。他给伙伴们去信，让他们给他寄来了50法郎的零用钱，这下，光头就又有买铁塔门票的钱了。

于是，光头第三次登上埃菲尔铁塔。但是要想在成千的游客中觅到窃贼的影踪，实在不是那么容易的。他上上下下地转了很长时间，也没有发现可疑对象。当他忧心忡忡地要离开铁塔时，却在自己的口袋里意外地发现了一张纸条，上面用陌生的笔迹写着几个大字：

今后不准再上铁塔，否则……

他呆呆地怔在那儿好几秒钟。他怎么也搞不清楚这究竟是怎么回事。但很显然，窃贼已经发现了他，对他进行威胁，不准他染指窃贼的"领地"。由此可推断，窃贼就在塔上。真是冤家路窄。

光头在塔下转悠着，思考着对策。这时离铁塔关门的时间不长了，游客已经三三两两地逐渐离去。光头急忙隐蔽在路边浓密的树丛里，静静地审视着每一个可疑的人。

游客已经要走光了，光头也要失望的离去，这时，有一个人坐在了树丛边离他不远的地方的一条长凳上，不一会儿，又一个人也坐在了长凳上。这两个人鬼鬼祟祟地压低了嗓门说话。

光头屏住了呼吸，渐渐地，听清了他们的谈话：

"那个把咱们认出来的小子又上塔上来干什么？"另一个说。

停了片刻，一个又说："8月2日在塔上有一次工程师们的聚会，我想这次一定有大鱼可钓的。那些太太们的首饰……最好是文件，让他们拿钱来赎。"另一个人应和道："好！又是一笔大买卖。"

光头轻轻拨开树枝，遗憾的是，只能看见他们的背影。他注意到，其中一个是宽肩膀、红脖颈，长着栗色的头发，脚很小，除了上衣不是他那天看见过的颜色外，此人无疑就是那天掏游客钱包的那个家伙。另外一个又瘦又小，说话时 s 和 sh 明显地不分。

不一会儿，两个家伙离座扬长而去。光头马上回到姑姑家，他意识到，他自己的力量太孤单了，于是他请求姑姑，让他的伙伴们也来巴黎住上几天。姑姑欣然应诺。

光头马上给里昂发了一封信：

亲爱的玛蒂：

请你们立即前来巴黎，越快越好。

尽可能把卡菲也带来。别忘了，把那两部步话机带来。我等着你们。

想念你们的光头

很快，伙伴们就来到了巴黎，玛蒂、拉·基利、尼亚弗龙、比斯泰克、迪杜，一个个熟悉的名字，一张张熟悉的面孔，还有勇猛的卡菲。大家激动得欢欣雀跃，手舞足蹈。

第二天，大家就进入了战备状态。因为光头已被窃贼注意了，所以这次由玛蒂带队，按光头交代的情况，行动起来。

经过一番周折，大家探听到工程师们的聚会是在8月2日晚8∶30在二层平台餐厅举行。另外，在同一时间在一层平台还将有一次规模盛大的时装展览会召开。从准备展览会的一名男招待那儿探听到，一个栗色头发的记者曾带着伊科诺科牌相机到展览厅拍照，了解了很多情况。光头猜测，这个"记者"很可能就是窃贼冒充的，工程师聚会的筹备情况也受到一个瘦弱的陌生人的盘问。据工作人员反映，这个陌生人说话时s和sh不分。

看来，窃贼也在紧锣密鼓了。

目前，对六伙伴来说，重要的是怎样才能打入这两次活动内部，参与进去。这样，就不会引起怀疑，行动起来也便当。一个偶然的机会，玛蒂终于轻而易举地成了时装展览会的模特儿。

8月2日到了。

这一天晚上，埃菲尔铁塔上灯火通明，金碧辉煌，乐声留连，热闹非凡。许多名流也都赶来参加，一家珠宝店还把大部分珠宝首饰拿来佩戴给时装模特儿，让她们尽显风采。

六位伙伴作了精心的部署。比斯泰克和拉·基利镇守第二层平台；玛蒂负责第一层；迪杜和尼亚弗龙，混在观众中，作为"自由尖兵"；至于光头和猎狗卡菲，就只能偷偷地守在塔下。一切准备就绪，只等窃贼落网。

可是，晚会已经进行了挺长时间，仍不见窃贼露面。莫非他们改变了计划？

玛蒂利用工作之便，穿梭在展览会的许多场合。当有三个穿白工作服的男招待忙碌着从食橱往外拿东西时，她惊诧得差点儿让手中的托盘滑了下去。只听那位给她准备托盘的男招待对他的同事说："请递给我一下，那瓶橙资（汁）……"——这位招待 s、sh 不分！玛蒂镇静了一下，悄悄地打量着这位男招待，从他的形象看，和光头描绘的正好吻合。

玛蒂马上通知了伙伴们，并设法找到了现在已化名亨利的窃贼的更衣室，弄到了他的一条领带，送给卡菲，让它嗅了气味。这样，如果窃贼逃跑时，卡菲就可寻着气味追踪了。

玛蒂继续监视"亨利"，不久她就发现，亨利也用步话机跟什么人联络，但怎么也听不清他说些什么，只断续地听到：平台……男孩……狗……注意。

糟了。莫非光头被他们发现了？

伙伴们提高了警惕，塔上和塔下随时用从里昂带来的两部步话机相互联系着。

饭馆里，华尔兹舞曲在夜色中盘旋着，舞会已经开始了。

这时，比斯泰克跑到正和光头通话的迪杜身边，惊慌地说："出事了，迪杜。第二层一只公文包被偷了。装满文件的公文包，一位工程师的。"

不一会儿，玛蒂也神色慌张地走来："迪杜，失踪了，那个男招待失踪了！"

迪杜马上和光头通话："喂！喂！光头，那个男招待失踪了，看见他下去了吗？"

"没有，肯定没有。就算他逃过了我的眼睛，卡菲也不会放过他的。"

玛蒂、迪杜、比斯泰克面面相觑：这家伙钻到哪儿去了呢？

"玛蒂，你马上回模特儿休息间去，弄清首饰丢没丢。"迪杜说，"我和比斯泰克上第二层平台找拉·基利。"

当两个人上到第二层平台时，发现那儿乱作一团，迪杜突然看见那个男招待！此时这个家伙正站在两名塔警中间，受到一连串的盘问。

"塔警刚把他抓住。"拉·基利解释说。

只见那个窃贼像是热锅上的蚂蚁，急切地为自己辩护、开脱。两个塔警步步紧逼，并从他身上搜出一部步话机。

"做招待还用步话机吗？赶快把公文包交出来！"其中一位矮墩敦的、留着褐色胡须的塔警气势汹汹地说。

迪杜有些按捺不住，但他又不能参与进去，他自己不是也带着步话机吗？难道塔警不要他也做出解释吗？光头上次的惨痛教训就是前车之鉴。所以迪杜和伙伴们只好暂时保持沉默。

最后，塔警决定把这个家伙送到警察署去。走到塔下，这个家伙拼命挣扎，大喊大叫，但很快就被两个塔警制服了。

伙伴们看着塔警扭送着窃贼向远处走去，心里高兴极了。决定明天就到警察署去作证。

突然，意外的事情发生了。远处的三个人影又打起夹。开始，伙伴们还以为男招待仍然企图逃跑。可是，谁也没料到，其中两个身影没命地奔向一辆汽车，猛地钻了进去，急驰而去。

等伙伴们跑过去一看，其中一个塔警被打翻在地上。看见有人跑来，这个塔警喘息着说:"混账,我被他们骗了……他们是一伙的。"

"您是说,另一个——"光头说。

"是的,一个假塔警。"

"怎么?你们,塔警之间相互不认识?"

"那个塔警是今天才来的,说是接替度假去的米肖……这个无赖!"

大家实在弄不明白,那个假塔警为什么要抓他的同伙呢?

过了一会儿,迪杜如梦初醒,恍然大悟:"对了!这两个家伙知道了咱们带着狗守住了铁塔电梯口,要逃出咱们的手心不大可能。于是假塔警想了一条苦肉计:把他的同伙抓起来,装作扭送罪犯去警察署的样子。这样就可以打消咱们去进行干预的一切理由……当然喽,这个假塔警就是那个脚小的窃贼,从身材和胖瘦上都证明就是他。我们在塔上时怎么就没认出来他呢?"

"就是啊。谁会料到他会穿着塔警的制服?还贴着那撇褐色的小胡子?"拉·基利说。

"强盗!"光头火冒三丈,"土匪!"

六伙伴经过冷静地分析,认为两个窃贼不可能把偌大一个公文包藏在衣服里带走,公文包一定是被他们藏在了铁塔上的什么地方。

但拉·基利认为:"窃贼也许是声东击西,他们真正想搞到的,肯定是那些珠宝首饰。一串珍珠项链、一颗宝石,放在衣袋里是完全可以带走的。"

"不,首饰匣子安然无恙。"玛蒂说,"我现在才知道,那些首饰全是复制品,珠宝店才不会拿价值连城的真货铤而走险呢。看样子,那两个家伙后来已经知道了首饰是假的,所以没有下手。"

"所以,要搞装有重要文件的公文包敲诈一笔钱。"光头接着说。

第二天的报纸对这一盗窃案做了报道,文章最后说:承办单位将悬重金以求此装有重要文件的公文包。该包为黑色皮质,上有"A.R."烫金字样，加有双锁。

于是，六伙伴又立即带上卡菲，登上埃菲尔铁塔，卡菲沿着那假扮男招待的窃贼经过的足迹嗅了个遍，最后卡菲在二层平台扶梯附近停了下来。足迹断了。伙伴们找遍了所有可能藏包的角落，可还是一无所获。

光头分析，假招待很可能在这儿把公文包交给了假塔警，然后由假塔警藏在了什么地方。

然而，费了很大劲儿，最终还是失败而归。

"别泄气，伙伴们。今天晚上窃贼很可能来取公文包，只要它还在塔上。"光头看着阴沉的天空，他认为，窃贼很可能选择这样的坏天气采取行动。

光头找到了售票处的塔警，他相信这个里昂老乡一定能帮他一些忙的。

果然，这个塔警答应今晚携助孩子们抓获窃贼，寻找公文包。

他们约定，在晚上11点整，游客们都散了之后，守候在塔上，采取行动。因为窃贼不可能在人多的时候来取公文包，夜深人静才是最好的时候。

伙伴们好好地休息了一个下午，挨到晚上11点，他们准时和塔警在塔下碰头。塔警开了上塔的大门，大家迅速分配了任务，马上各就各位。玛蒂和光头带着卡菲藏在塔下；比斯泰克、拉·基利和塔警守一层平台；尼亚弗龙和迪杜守二层平台。

一场漫长的、沉寂无声的埋伏开始了。

天空阴云遮住了星斗，微风逐渐加大，看样子一场大雨即将来临。

11点半，12点……1点！时间缓慢而紧张地运行着。风在铁塔的柱子之间发出凌厉的呼啸。铁塔下面，塞纳河两岸的公路上，车辆明显地放慢了速度，城市里低沉的嘈杂声逐渐消失，沉浸在浓雾和雨雾中的郊区灯火也渐次熄灭。

凌晨两点了！闪电不时在北面天空划出一道道亮光，清晰地照亮了蒙马特高地圣心院白色的穹顶。

每隔20分钟，塔上和塔下就用步话机通一次话。3点整，迪杜刚和光头联系完两分钟，迪杜的步话机就又响了起来。不错，是光头的声音：

"喂，迪杜！一辆汽车刚在距铁塔二百来米的路灯下停了下来……下来了两个人，朝这边走来了……他们也许会听见我在讲话。现在，我切断！"

大家绷紧了神经。

过了一会儿，迪杜的步话机又传来了光头微弱的声音，似乎来自远方：

"喂，迪杜！我是光头，我是光头。他们已经翻过栏杆，向铁塔扶梯走去。……我们放开卡菲吗？"

"不。等他们上来拿到皮包时我们再下手。你们随时准备好，一旦我呼叫，就立刻放开卡菲。"迪杜切断了信号。

两个窃贼鬼鬼祟祟地一步步向上攀登，很快就进入了比斯泰克他们的视线。两个家伙继续向上爬。

"注意！……他们来了！"二层平台上的尼亚弗龙低声对迪杜说。

这时，在黑暗中闪出两个黑影，在扶梯口一动不动地停了一会儿，显然是在听有没有动静。接着，两个人影毫不迟疑地径直朝着联结二层平台与塔顶的螺旋形盘梯走去。他们登上阶梯，很快消失在密如蛛网的铁柱之中。

"咱们跟上去。"迪杜低声说。

可是，铁梯滑溜溜的好像抹了油。

突然，尼亚弗龙发出一声惊叫，他那两只光滑的牛皮鞋底同时打滑，要不是他眼疾手快，赶紧抓住栏杆上一根铁杠子的话，肯定会摔个仰面朝天。但是这一抓，使得栏杆一阵摇晃。如果那两个坏蛋还在扶梯上，他们一定感觉到了这次振动。他们会明白自己被跟踪了吗？他们会不会下来？或者，躲藏起来？

迪杜心急火燎，迅速拉出步话机天线，开始呼叫：

"喂，光头！情况紧急！……把卡菲放上来。"

天线还未能来得及完全收拢，尼亚弗龙就抓住了迪杜的手臂，战战兢兢地说：

"他们下来了！"

与此同时，一束手电的强光照得他们头晕目眩，他们噤若寒蝉，双腿战栗。两个窃贼就在几级阶梯上面，高出他们数米。

"跟他们干，"迪杜低声说，"卡菲马上就到。"

两个强盗环视了一下四周，发现除了两个孩子，没有别人。便从十分狭窄的扶梯上俯冲下来。这时，尼亚弗龙猛地冲过去，一把抱住一个窃贼的双脚。这迅猛的攻击，使得这个窃贼的上身往前扑倒下去，他一下子死死地抓住了栏杆。迪杜正和另一个窃贼交手，可是迪杜遭了重重的一拳，使他摇摇晃晃，站立不稳，趔趄一下在阶梯上失了足。

"小心！"尼亚弗龙尖叫，"抓住栏杆！摔下去就没命了！"

尼亚弗龙赶紧松开手，一把抓住迪杜。

没有几个回合，两个小伙伴就明显地招架不住了。步话机也被摔坏了，无法向下边呼救。情况十分危急。

就在这千钧一发之际，突然传来一阵喘息声。卡菲！它用了不到5分钟时间就从地面爬到了这儿。

"快，卡菲。快咬！"迪杜喊道。

用不着呼唤。一见主人处境危急，勇敢的卡菲便朝窃贼扑去，一个窃贼惨叫一声，退向一边。掉过头来，卡菲又咬住另一个窃贼的腿肚子。经过一番厮杀，窃贼被咬得血淋淋的，狼狈不堪。很快，形势便颠倒过来，强盗们被镇住了。

"举起手来！"迪杜命令道，"不然，当心我们的狗！"

这时，一层平台上的比斯泰克、拉·基利和塔警也赶来了。

两个窃贼再没有反抗的力量了。

"快说，公文包放在哪儿?"

可不管伙伴们怎样追问，两个窃贼一口咬定不知道公文包的下落。

最后，迪杜突然让人摸不着头脑地对那个曾伪装过假塔警的窃贼说："您的手绢！……"

这个窃贼疑惑地盯着迪杜，然后动作机械地掏出手绢，不明白这是什么意思。

就在这一瞬间，卡菲立即领会了主人的意图，它一口咬下手绢，闻了闻，摇摇尾巴，然后领着迪杜向高处爬去。

卡菲沿着似乎通达天顶的陡斜的螺旋形盘梯向上爬。最后，在爬了大约二百来级阶梯之后，卡菲把气喘吁吁的迪杜带到了另一座淹没在黑暗中的平台。

卡菲把鼻子靠近平台地面闻着，在那走来走去，似乎想说明，那个人一到这儿便不知所措了。

突然，卡菲在栏杆的两根铁条间钻出脑袋，脖子长长地向空中伸去，然后，又转向他的主人。

迪杜明白了它的意思，也把脑袋伸了出去，打开手电，仔细搜索平台下面的每根铁柱。

骤然，他心口一阵猛跳。不错，在一个凹进去的地方，一个黑糊糊的东西，悬在一个带钩的金属螺钉上。

"公文包！……"

迪杜趴在那儿，伸长手臂，小心地抓住公文包的皮革提手，拎了上来。

毫无疑问，这正是那个正在寻找的公文包。由于受到平台的遮挡，没淋着雨，而且两把小锁还牢牢地锁着。

除了卡菲，谁还能在那儿找到它呀？这两个狡猾的窃贼。

迪杜一阵狂喜，兴奋得像着了魔似的，冒着在阶梯尖角上碰断骨头的危险，三步并作两步地往下跑。当那两个坏家伙看见公文包时，惊愕得目瞪口呆，随即他们恶狠狠地瞪了卡菲一眼。

两个窃贼被连夜带到了警察署。

两天后的早晨，光头他们六位伙伴在姑姑家兴奋地读着报纸上的关于这次盗窃案的报道：

……

该包原封未动，小偷尚未撬锁，故包内秘密未曾外泄。现在，本报可以透露，这批文件乃某种电子蓄电池计划及有关化学公式。该电子蓄电池能量超过目前使用的蓄电池一百余倍。两名罪犯对此文件早已垂涎三尺，他们若将该设计转让出去便可获得巨额酬金。尽管两犯不择手段，然而六名里昂少年更胜一筹，终于使两犯费尽心机妄图变卖最新发明的企图未能得逞。

本报对这几位里昂少年建此殊勋特表祝贺！我们极愿将他们和那只猎犬的照片登出，以飨读者。遗憾的是，在本报记者抵达警察署时，诸位英雄少年业已离去。本报另悉，诸位少年勇士多次声明，他们在巴黎小住时的地址，万勿予以披露。更可贵的是，六位少年拒收任何奖品、酬金。此乃尤应称颂之举。

愿8月的巴黎勿再发生任何意外。

"太好了！简直太棒了！"光头大声叫嚷，从躺椅上一跃而起，把无檐便帽高高扬起，光亮的脑袋瓜"映得四壁生辉"。他和伙伴们欢呼雀跃着，就像在钢丝床上练习蹦跳一样。伙伴们不停地高呼：

"巴黎万岁！埃菲尔铁塔万岁！"

（孙天纬　缩写）

北　极　贼

〔埃及〕马罕茂德·萨里姆　原著

拉斯先生是一位著名的秘密警察，他有两个儿子，一个叫莱瓦，一个叫基姆。拉斯先生正跟两个孩子谈着话，他希望两个儿子能去冰岛做一次秘密旅行，两人的任务只限于去寻找一个叫雷克斯·巴尔顿的人。一家保险公司在寻找他，要付给他一笔五千美元的款子，付款人是雷克斯在一次沉船事件中曾经救过的人。雷克斯最后的工作单位是英国海洋公司。他所在的那艘船在靠近法兰西海岸时触了礁。欧洲的秘密警察曾找过他，但在他的美国海岸上的一座住宅里，他们只找到一张小纸条，上面写着"冰岛"两个字。看来他已回到了他的故乡。

"能否叫托尼和我们同行呢？"基姆问道。

托尼是他俩的好友，忠诚老实，就是贪吃。拉斯沉默了一会儿，同意了。兄弟俩立刻和托尼取得联系，商定了出发的时间。

临行前，他们向朋友们告别。朋友们举行了一次隆重的晚会，为他们送行。在姆迪家里，晚会进行得很热闹。

晚会结束后，莱瓦和基姆回到家中。一会儿父亲也回来了，他问："有没有人给我打电话？"

母亲在一旁说道："没有。只有一个莫名其妙的姑娘在电话中说了一句话：白宫找你！"

拉斯的脸上表现出严重的关切和不安的神情。然后拉斯立即上楼走进房间，悄悄地打电话，谁也听不见他在说些什么。

半夜，哥俩被下楼梯的脚步声惊醒。基姆从门上的小洞里看见父亲把两个人引进了他的办公室，并同那两个人低声地交谈着什么。

第二天早饭后，拉斯先生交给两个孩子一个像半导体收音机那样的东西，说："你俩可以通过它和任何电台通话，在你们完成这次任务的过程中，有可能遇到一些危险，它对你们将是十分必要的。"

晚7点，莱瓦、基姆和托尼登上了飞往冰岛的飞机。当他们从昏睡中醒来时，他们发现下面的一切都被白皑皑的冰雪覆盖着。

冰岛的首都机场到了。三个人很快办理完入境手续，开始站在那里欣赏眼前的景色并想找一辆车。离他们不远的地方，一个年龄与他们相仿的青年站在一辆吉普车旁，他正准备修车。

他们向他走去，"需要帮忙吗？"莱瓦问道。

"希望能如此。"那个青年说："我叫拉菲，在高等学校里读书，是到这里来度假的。"

就在这时，机场的广播喇叭响起来："基姆、莱瓦，在机场问询处有人找。"

基姆动了一下，但被莱瓦制止了，他对托尼说："你到问询处去，要站得远点儿，看看到底什么人找我们。"

一会儿，托尼回来了，说是个挺胖的、满脸大胡子、长着黄头发的陌生人。那人看没人去，已钻进一辆汽车，离开了。

不大工夫，拉菲的车修好了。拉菲邀他们上了他的汽车，朝首都方向奔驰而去。他们刚一进入市内的中心广场，就看见到处悬挂着各式各样的彩色旗子。拉菲说："这是在欢迎三名宇宙航行员的到达。宇航员到这里来是研究山地构造的，他们下次飞往月球返回地面时，准备在这里着陆。"

汽车在莱瓦等人要去的贡提尼塔尔旅馆前停下。拉菲留下了电话号码，然后离去了。

吃完饭，莱瓦他们开始查询，但出乎意料，他们翻遍了整个电话簿，也没发现雷克斯的名字。

当他们再一次从大睡中醒来时，遇到的第一件突如其来的事，就是在这陌生的地方有人招呼他们，原来这个人正是他们亲爱的朋友姆迪。

姆迪对他们说，拉斯先生担心他们人手不够，所以派他来帮助他们。

这当儿，拉菲来了。当他得知他们想找一个叫雷克斯的人时，便建议他们在报纸上登一个寻人启事。这个建议得到了大家的赞同。

在第一家报馆的大门口，他们突然发现那个曾在机场问询处寻找过他们的陌生人驾车开了过去。莱瓦等人连忙跳上车追了上去。走到一个路口，突然红灯亮了，他们的车子只好停下，绿灯亮时，那车子已不见了。

拉菲请莱瓦等人到一家小饭馆去吃冰岛烧鱼。这时马路上传来了音乐声，他们从临街的窗子往外边观望。发现广场上有一群人，中间的一辆敞篷汽车上站着三个宇宙航行员，居中的一个把帽子一直戴到眼睛上。拉菲说：“这是宇航员们将要飞向月球的最后一次旅行，居民们是来向他们送别的。”

队伍过去了。他们走遍了其他几个报社，直到所有的报纸都接受刊登他们的启事，这才安然地回到旅馆。

晚上，莱瓦打开机器，对准父亲电台的波长，直到快午夜12点时才开始通话。父亲说：“足球比赛十分精彩，猴队以三分获胜。如果他们能继续下去的话，预料他们将在这次循环赛中获胜。”

对暗语解释的结果，让四个人大吃一惊：宇宙航行员马克·焦尔吉上尉在冰岛被绑架！你们要擦亮眼睛，去寻找一切线索。应该叫托尼和姆迪宣誓：严格保守秘密。宇航计划处在危险中！

这个突如其来的消息使他们立刻想起了那个把帽沿压到了眼睛上的宇

航员，原来那是个不得已临时找的替身。

四个人的手紧紧握在一起，宣誓严守秘密。

这时，无线电再次响了："上尉是在雷克雅未克附近的火成岩平原上失踪的！"

第二天清晨，他们与拉菲取得联系，要他陪他们到宇航员参观过的地方看看，特别是火成岩平原。

当汽车进入火成岩平原时，他们发现那是一片狭窄的黑色平原，地面上火成岩遍地都是。平原的周围环绕着雪山。

汽车在一个岩石遍地、坎坷不平的荒凉的沙石地带停了下来。莱瓦悄悄地走向一个小山岗，观察着那里的一个大硫磺泉，硫磺泉水在里面翻滚着呼啸着往外喷。

空气中充满了硫磺的气味。莱瓦猛一回头，突然发现刚才他们站过的地方，只剩下了托尼、拉菲和姆迪。他呼喊着基姆，然而谁也听不到他的回应。硫磺泉沸腾翻滚的声音如雷鸣海啸一般，压倒了一切声响。他发疯地向四周寻望，发现离硫磺泉不远的地方有一只手套。

莱瓦看了看手套，又望了望他的朋友们。这时拉菲等人似乎也意识到了这一点，他们的脸上都浮现出恐惧的表情。基姆在哪里？难道他堕入这个硫磺泉里了吗？

托尼向手套奔去，把它拾起。就在这时，基姆从一个大管道的背后走了出来。那么，这个手套的主人难道就是失踪了的宇航员的吗？

为了证实他们的猜测，回来时，莱瓦和基姆一同去了飞机场，他们从一个空军人员手中得到了一副手套，通过一家药房药用显微镜的检查，他们发现：无论是皮料还是制作工艺，拾到的手套都与空军的手套完全相同。

他俩回到旅馆，姆迪向他们汇报说，一个住在南部海边艾克瓦利利城的人自称叫雷克斯·巴尔顿，他在等待他们的到来。

　　为谨慎起见，莱瓦决定和基姆前往艾克瓦利利城，姆迪和托尼则留守无线电收发机。

　　莱瓦来到旅馆订票办公室，发现以前在那儿工作的女职员不见了，代替她的是一个陌生的工作人员。那人建议他租第二天的一架小型专机，莱瓦同意了。

　　莱瓦回到房间，将密码本存放在旅馆保险箱内。第二天，他便和基姆前往机场。那个售票员将他们引上了一架准备起飞的小飞机。

　　飞机飞上天空，莱瓦突然发现他们飞行的方向不是向南，而是向北。基姆推开驾驶舱门，发现那个头发金黄的对手就在他的面前。兄弟俩明白被绑架了，他们略一商量，就猛扑向敌人，基姆和黄发人扭成一团，飞机开始向地面俯冲下降。

　　莱瓦坐在驾驶盘前，逐渐控制了飞机，并成功地降落在一小块平地上。

　　那个黄发人已被制服，莱瓦命令他立即呼叫求援。那人走向驾驶台，拿起耳机，对准麦克风讲了几句话，停了一下说："救援的人正在途中。"

　　不久，一架双座直升机着陆了，莱瓦和基姆将黄发人捆绑起来，交给了来人。

　　飞机飞走了。基姆坐在无线电机前摆弄着，忽然惊叫起来："发话器没有内接麦克风！"莱瓦明白了，"刚才那架飞机是跟踪我们的，是专门来搭救他的。"

　　兄弟俩急得在四周打转，寻找机件，然而徒劳无益。他们只好在机舱的地板上点上一小堆火，轮流休息。黎明时，基姆把莱瓦唤醒："缺少的机件我找到啦！"

　　莱瓦赶忙将它安装在发话器内，几分钟后，无线电能发话了。一小时后，警察局派来的救援飞机出现在天空，他们将莱瓦和基姆直接送到了艾克瓦利利城。

夕阳西下时，兄弟俩开始按照信中的地址去找雷克斯·巴尔顿。他们按了电铃，一个女仆将他们领进屋去。他们见到了一个秃头老人正坐在一把椅子上，对兄弟俩的到来表示欢迎。之后，他悄悄地拿起电话筒，用冰岛语轻声讲着什么，他俩一点也不懂。打完电话，那位秃头老人开始对他俩讲述了他在海洋里的一段长长的故事以及曾在靠近瑞士海岸时发生的轮船触礁事件。这时，兄弟俩意识到他讲述的故事同父亲告诉的情节不符，基姆又试探了几句，老头儿果然上当，很明显，这是一个骗子。

兄弟俩跟老头儿告别，走出门来。外面一片漆黑，猛然一道亮光朝他俩劈头盖脸地射过来。他俩感觉到了一阵闪电冰雹般的痛打和袭击，接着便失去了知觉。

当他俩苏醒过来时，他们发现了姆迪亲切的面孔。

原来姆迪和托尼见他俩迟迟不归放心不下，姆迪便乘一架普通班机来到艾克瓦利利。他先拜访了雷克斯，得知兄弟俩还未到，于是便在城中游逛。天黑时，他又来到雷克斯家附近，发现两个人鬼鬼祟祟地躲在一个小巷子里。于是姆迪就隐蔽下来，监视他俩的行动。后来当莱瓦和姆迪从雷克斯家走出来时，这两个人便猛扑上去，把他俩弄到了对面的鱼类加工厂，姆迪尾随而至。当那两个人发现有人盯梢时，便慌慌张张地从旁门逃跑了。

当三个人回到旅馆门前时，他们发现托尼正迈着沉重的脚步在旅馆前盲目地踱来踱去。莱瓦招呼他，他向莱瓦投过来一种奇异而恍惚的目光，莱瓦知道他是被麻醉了。

当他们走近房门，觉察到里面有人。莱瓦猛地打开房门，突然发现黄发人和在冰雪覆盖着的小岛上营救他的那个同伙，站在他们面前！

那两个人一见到两兄弟，立刻扑了上来。莱瓦揪住了那个黄发人的头发。那人头一缩转身跑掉了，露出了光秃秃的脑袋，他就是那个所谓的雷克斯·巴尔顿。另外一个也乘厮打的空子钻出门逃掉了。

这时，医生已使托尼恢复了理智。四个人回到屋里。后来，当托尼和姆迪出外散步时，拉菲走了进来，他告诉莱瓦，他向一个老海员打听过雷克斯。那老海员说，冰岛只有一个叫雷克斯的，全名是雷克斯·马拉。"马拉"就是海洋的意思，此人现在到南部沿海打鱼去了。

拉菲走后，托尼带来一位空中小姐索尼娅。她告诉莱瓦，她的叔父是沿海警察局的一个上尉，他可以带他们去找雷克斯·马拉。

当莱瓦兄弟从索尼娅的叔父桑伯逊先生那儿回来时，旅馆里又发生了一桩怪事：一个住在哈拉焦利夫的人来信说，他叫雷克斯·巴尔顿，并说他们要找的人，可能就是他。

莱瓦犹豫不决，最后姆迪建议：他和托尼去找那个来信者，莱瓦和基姆去访雷克斯·马拉。

次日两点，上尉在船上迎接他们。船在大海中乘风破浪前进时，突然上尉发现了一艘外国船侵入了本国领海。莱瓦举起望远镜看，他突然喊道："那个人就是罪犯卡利！"这个名字和这个人的特征是昨天拉斯先生通过无线电告诉他们的。

上尉立即下达命令，只用了几分钟就赶上了那只小船，可船上除驾驶员外，再无其他任何人，卡利躲到哪儿去了呢？

次日清晨，莱瓦和基姆登上了"黑鸟号"渔船。在那儿，他们见到了雷克斯。兄弟俩向他说明了情况，雷克斯才由原来的冷漠变成合作的神色。雷克斯告诉他们，他改名是由于他的原名很难叫，以致每到一个港口，人们就叫出一个不同的音来。有时，竟被一些人认作是特务，于是他就改名为雷克斯·马拉。

没过多久，莱瓦和基姆就回到了旅馆，可他们发现姆迪和托尼已付清账目离开了。

两兄弟立刻给拉菲打电话，拉菲着急地说："托尼亲口对我说，你俩拍了一封电报。要他和姆迪去赶你们，但他没告诉我，要去何处。只记得他说要买一些防晕船的药片。"

基姆放下电话感到不妙，他并没有拍过电报。很明显，姆迪和托尼一定是被什么人弄到海上某个地方去了。两兄弟立刻和冰岛警察局联系，然后带上有关单据到雷克斯那里去，交付五千美元需要他签字。

老人满面春风地说：说我是特务的那两个人回来了，大概在一小时前，他俩威胁我，要我弄一只能抗风浪的船，把一件私货运到国外去。他们说一个小时后再来。"

莱瓦环顾了一下四周，发现墙角放着一只大箱子，他和基姆跳进箱内，雷克斯又照原样把箱子盖好。与此同时，门铃响了。

进来的那两个人要雷克斯再找三个助手，因为任务很重，而且还指给他抛锚的地点。

他们走后，莱瓦和基姆钻出箱子，他们约定：雷克斯去找小船，莱瓦兄弟得去化装一下，因为那两个到这儿来的人很可能就是卡利和他的同伴。

拉菲得知了莱瓦兄弟肩负的重任，他决心帮助他们。他带他们去找了一位理发师。当他俩再走出理发馆时，样子全变了。

三个人来到码头，找到了雷克斯，小船准时出发了。

经过一夜的艰难航程，黎明时分，小船在一块黑色的巨石边抛了锚。

没多久，一辆吉普车通过坎坷的石头路面颠簸而来。卡利从车上跳下来，然后带着雷克斯和三个青年人向车子走去。

车子在布满石头的路面高速行驶，跳跃着前进。突然一块巨大的火成岩石矗立在路中间，挡住了去路。卡利猛打方向盘，车身立即倾斜，车子几乎要翻倒。基姆惊吓得用英语喊了声："小心点儿，别翻车！！"他失去了警觉。

当汽车走上正路后，卡利不慌不忙地说："我好像听到有人说英语！"拉菲连忙否认。

最后，他们来到了一个乱石嶙峋的地方，汽车无法通过。然而，他们发现五匹备好鞍鞴的马立在那里，等待着他们。

大家骑上马继续赶路。经过一段艰难的途程，他们来到一个很奇特的地方。那里怪石丛生，中间有间小屋，屋顶上支着一根很长的天线。

进屋后，他们发现里边的家具陈设都是最新式的，这使他们大吃一惊。这时门开了，卡利的一个同伙走了进来。卡利说："现在天黑了，你们该睡了，我们出去一下。"

几个青年佯装睡着。过了一会儿，他们悄悄地爬了起来，向外边溜去。在离他们不远的地方，卡利和他的同伙在用一种奇怪的语言说话，他们只听清楚了"拉斯的儿子"几个字。

他们很快地回到屋子，莱瓦和基姆心里一惊，难道他们识破了他俩?!现在该怎么办呢?

早晨，卡利和他的同伙出去了，莱瓦他们立刻搜查起这个地方来。他们把铺垫一块块地掀起来查看。当基姆把卡利的铺垫放回原处时，看到地上有一道裂痕，他们将它抬了起来，那道秘密的门便打开了。这是一条既长且深的隧道，一直通到一间漆黑的小屋。莱瓦向雷克斯要了打火机，然后和基姆一同下到了洞底。

这竟然是一个庞大的无线电通信中心，里面仪器设备之精密，其功率之大，都使他俩感到惊异。有些仪器设备是他俩有生以来第一次见到的。这说明他们是早就隐蔽在这里的一个专业集团。

他们匆匆出了密室，把隧道的出入口盖好。不久卡利也回来了，命令他们跟他走。

他们随他走了出去，在一块巨大的火成岩后面，有三辆马车停在那里。又乘车走了好长一段距离，来到了一个群山环抱的荒凉而阴森的山坳。车在一个山洞前停住，大家跳下车来。他们沿一条狭长的通道走了长长一段路，才见到一丝亮光。这时，他们见到了新制作的三只大木箱，就像三口棺材一样放在墙角。

三只棺材使三个青年人感到害怕，他们恐惧地望了望四周。突然，他们看到了他们所要寻找的东西，一件黄褐色的肩部有空军标记的夹克，显然，这夹克就是马克·焦尔吉上尉的。

他们会意地相互看了看，猛转身向洞口冲去。与此同时，从里边往外打了一枪，顿时，一群武装人员从各处包抄了过来。不大工夫，三个青年便落入他们的手中。

卡利得意地对莱瓦说："你的兄弟用英语讲了一句话，从而泄露了天机。我们终于把你俩捉住了！你们的父亲从事反对我们的工作，我们将用你们俩人的生命作为让他放弃这种行当的讲和条件！"

这时，秘密之门打开了，一个人探出头来说："卡利，收到一封电报，请使用二号方案！"

卡利立刻找来三个人，把三个青年分别装进了三只木箱。木箱被抬上了车，并在卡利的警卫人员押送下上了路。

道路颠簸不平，车子不停地抖动起来，接着便停下了。莱瓦听到雷克斯喊道："熊！北极熊！"接着便是人的喊叫声，马的嘶鸣声和杂乱的脚步声乱作一团。这一切都突如其来。

雷克斯打开箱盖，将莱瓦三人救了出来。为麻痹敌人，莱瓦建议在箱子里装上石头照原样封好。雷克斯仍留在这里以争取时间，使年轻人能赶到海边的停船处，通过无线电求援。

雷克斯立即表示同意，三个青年如出弦的箭，在乱石中跑去。

在拉菲的带领下，他们穿过石岛的沟壑岩洞，找到了那辆吉普车。

戳破了汽车轮胎，又跑步前进，找到了那条船，然后分散隐蔽在船中。

过了一会儿，远处出现了一辆吉普车，大概是他们又换上了备用轮胎。几分钟后，车子开到船边。卡利跳下车，命令他的随从人员把箱子装上船，包括卡利在内一共五个人。

卡利命令雷克斯开船，"我们要去格陵兰！我们将把这些箱子在中途抛入大海。"

莱瓦从他隐蔽的救生船中往外窥视，看到一个水手正注视着海水。他悄悄走到那人背后，狠狠地将他打翻在地，接着，莱瓦又打倒了一个水手，他一看见莱瓦，立即着魔似的嚎叫起来。

"卡利，卡利！他们没在箱子里！"

这时，基姆和拉菲也跑出来，投入了搏斗。在雷克斯的帮助下，这伙强盗终于全部落入他们手中，船又回到原来停泊的地方。基姆立即同警察局进行联系，向他们求援。

然后，莱瓦和基姆直奔小屋而去。那里空无一人，他们找到手电，便进入了山洞。

两个人一直往前走。突然手电光照射在一个人身上，他好像在酣睡的样子。他俩急忙奔过去，莱瓦高声喊道："马克·焦尔吉上尉！"然而，得不到任何回答。他俩晃动着他的身体，把他翻过来，手电筒在他的脸上闪来闪去。他紧闭双眼，面无血色。这时他们才发现，不是马克·焦尔吉上尉，而是他们的伙伴——姆迪。

他俩立即把姆迪拾到通风的地方，对他施行人工呼吸。一会儿，他终于睁开眼睛，吃惊地望了望，喊道："炸弹！炸弹！马上就要爆炸！"

莱瓦和基姆忙把姆迪抬到马背上，然后也翻身上马，匆匆离去。突然马蹄下的大地发出地震般的颤抖，接着他们便被甩下了马背。

两人重新上马，终于带着又已昏迷的姆迪赶到了吉普车边，剩下的行程就比较容易了。当他们赶到海边时，受到了桑伯逊上尉的热烈欢迎，姆迪也立刻交给警医进行抢救。这时，一架直升机嗡嗡地在他们附近上空飞翔，不大工夫便安全着陆。

机舱门打开了，从里边跳出一个人，正如他俩所预料的一样，正是他们的父亲拉斯先生。父亲高兴地赞扬了两个勇敢而机智的儿子。

现在了解马克·焦尔吉和托尼下落的最后一把钥匙只剩下姆迪了。大家围坐在姆迪床边，他仍然昏迷不醒，医生正全力抢救着，他们只得暂时离开，去吃了一顿快餐。当他们返回时，姆迪已经完全恢复了神智。他说："我们接到了你的一封加急电报，要我们乘专机飞往艾克瓦利利，可这架飞机在一个山洞附近降落了。他们把我们同马克·焦尔吉上尉拘禁在一处，上尉完全被麻醉了。本来他们想把我们三个人装在木箱里运往格陵兰。但临时发生变故，计划有了改变。由于我和马克·焦尔吉上尉的体态和脸庞都有点像，他们就用飞机把马克·焦尔吉上尉当做我和托尼一起运往国外。把我和一枚炸弹放在山洞里，要我和山洞同归于尽。"

"我们必须立即行动！"拉斯先生说。

桑伯逊上尉立即命令直升机将拉斯等人送到了首都机场。拉斯急忙去找机场执勤人员，向他询问旅客中有没有姆迪和托尼的名字。值勤人员翻阅了乘客名单，说："是的，有。"

拉斯先生立即向这位值勤人员说明了事情的始末。他听后斩钉截铁地说："他们乘的是苏格兰飞机，尚未起飞，我要指挥塔制止它起飞！"

然而，飞机断然拒绝指挥塔的命令，顷刻间，便腾空而起。拉斯先生立即同当局进行联系，空军司令立刻派四架喷气式飞机对它进行追降。拉斯先生和他的两个孩子也乘上空军司令的专机尾随而去。

突然，那架逃窜的飞机发出呼叫，驾驶员说："我受到了很大的压力，希望你们不要接近，否则他们将把整个飞机炸掉。"

飞机指挥员向所有飞机发出命令："不要靠近它，但不要叫它从你们的视野中消失掉！"

令人感到难办的问题是："应该怎么办?！"

突然，所有飞机的驾驶舱里都传出了连续的呼叫声："我是马克·焦尔吉上尉，你们听到没有?！你们听到没有?！"

　　大家吃惊地相互望了望，令人难以置信。但他马上又说："危机解除了。我在托尼的帮助下，已经把强盗们逮捕了。飞机已经回到了我们手中，我们立即返航。"

　　所有飞机都平安地返航了。苏格兰飞机的机舱门打开了，托尼和马克·焦尔吉上尉最后走了出来。警察立即把两个罪犯押下飞机，直接送往监狱。

　　在机场指挥官舒适的房间里，马克·焦尔吉上尉说："飞机起飞时，麻醉剂的效力还未消失，但后来我清醒了，我看了看托尼，他领会了我的意思。当时正好有一个强盗在他身边，另一个在驾驶舱。我们很快便把他逮住，并以他作掩护，闯进驾驶舱，把另一个强盗打倒在地。"

　　在旅馆里，餐桌上已摆好了美味佳肴，所有的人都围桌而坐。拉斯先生给大家讲了整个事件的奥秘，"有一个国家企图获得宇宙空间资料。于是他们便策划了这个罪恶阴谋——绑架宇航员。这个国家了解到宇航员们将到冰岛旅行，便开始执行他们的阴谋计划，想迫使他供出宇航秘密。"

　　接着，马克上尉讲了他被绑架的经过："我们在火戍岩平原勘察地形，我单独往前走了一段距离。突然闯过来三个人，我没能作任何反抗便被绑架了。硫磺泉的沸腾声吞没了劫掠我的直升机的声响。他们要我供出宇航的秘密，曾以把我抛入硫磺泉相威胁。遭到我的拒绝后，他们便把我带到了岩洞里。"

　　"这些特务是一伙雇佣人员。"拉斯先生说，"他们选择了距美国军事基地较远的冰岛，但他们哪里知道，他们的背后有许多勇敢而机智的侦探在监视他们的活动。"莱瓦和基姆受到父亲的称赞，脸上露出了胜利的微笑。

　　这时，雷克斯先生走了进来。他感谢莱瓦和基姆使他变成了富翁，同时他决定买一条船，用它来打鱼！

　　门开了，拉菲也走了进来。这时，莱瓦站起来，从内衣的口袋里取出了马克·焦尔吉上尉的手套，递给了他。上尉惊奇地望着他说："哎呀！多么了不起的侦探啊！"

托尼一边听着，一边把手向着餐桌上的肴馔伸了出去，狼吞虎咽地吃了起来。

（艾力　缩写）

野蜂出没的山谷

〔中国〕李迪　原著

第一章　蜜蜂嗡嗡嘤嘤

郁郁葱葱的7月覆盖着云南边境的勐朗山寨。哈尼人的孩子们开始放暑假了，德龙、威拉和娥玛是三个好朋友，他们打算利用假期到蜂场去帮助娥玛的爷爷老恩翁养蜂，好在建军节那天把自己劳动割来的蜜献给守卫边寨的179军械库的大军们。

清晨，鸟儿欢快的歌唱唤醒了娥玛，她走出自己的小窝棚，看见爷爷正在检查蜂房。在金色的阳光中，一群群嗡嗡嘤嘤的蜜蜂向开满花朵的树林飞去。娥玛跑到德龙和威拉的小窝棚里探头一看，嗬！这两个家伙早就不见了。他们在天没亮就钻进野蜂箐，砍木头给要分窝的蜂子当家。爷爷侍弄的蜂场越来越好，现在已有四百多窝了。

就在娥玛帮着爷爷忙活蜂场里的事儿时，德龙和威拉正穿行在野蜂箐的密林里，他们伐了一棵大叶子空心树，把它砍成四段，每段两头一堵，就是个不错的蜂桶。他们找来一些藤条，每两个拴在一起，往肩上一搭，前吊一个后吊一个，像马驮子一样。两个朋友搭上木头，互相瞧着，嘻嘻哈哈取笑起来。德龙称威拉是大脑袋马，因为他的脑袋太大。威拉见德龙眼窝深陷，鼻梁显得又高又长，就叫他长鼻子马，两个人学着马叫往回走了。

野蜂箐里百花竞放，德龙和威拉走在花的世界里：风儿把摇落的彩色花瓣洒在他们肩头；草丛中数不清的野花更是把扑鼻的花香染透了他们宽大的裤脚。花香引来无数蜜蜂，有蜂场的，也有林中野生的。它们爬在花蕊中吸吸吐吐，花粉沾满了毛茸茸的身子。

忽然，德龙看见一条树枝上挂着个大蜂包，这是一窝刚分群的野蜂。在树枝上休息了一会儿，就在母蜂的带领下继续朝前飞去。

"大脑袋马，我们快跟上，看它们把家安在什么地方，以后好来收。"德龙和威拉朝蜂群追去。

蜂群飞过一片铺满花朵的开阔地，停在一根电线上，原来有一根被风吹断的大粗树杈，斜勾在两股电线间，蜂群飞累了，就停在上面。

这两根电线正是179军械库的军用电话线，它连接着边境哨所和各村寨的民兵指挥部。德龙的阿达——179军械库的连长木萨德——告诉德龙，这电话线可重要了。它可不能被树杈弄断了哇。

威拉一听，就急得去砍树枝，要把树杈和蜂包挑下来。德龙一把抢过树枝："吃了豹子胆啦？偷蜜的老熊都惹不起蜂群呢！"说着，就从草里拔了朵金色花，捆在竹箭头上，朝蜂包射去。嗡的一声，蜂包惊散了，一齐向带黄花的箭头追过去，竹箭把蜂群引出了很远。

这时，威拉几步跑到电杆旁，爬上去，小心地把树杈挑了下来。

第二章　没有锯断的109号电杆

吃过午饭，德龙和威拉要去野蜂箐收野蜂，娥玛也抢着要去。恩翁爷爷帮他们准备好蜂桶和塞得鼓鼓囊囊的帕当，三个孩子就出发了。他们说笑着，钻进了野蜂箐。德龙在前面开路，威拉断后，娥玛夹在中间。

林子越走越深，光线渐渐暗下来，空气中含着霉湿的气味。在一片麻栗树林里，德龙放下蜂桶，准备在这里收蜂。

娥玛瞪大了眼睛四处看，也没看见一只蜂。这还收啥呀？娥玛纳闷儿地问。

德龙笑起来："蜂多的地方有家蜂，也有野蜂，分不出。要收野蜂，就得往老林深处钻，往家蜂不爱去的地方钻。等着吧，一会就收到蜂了。"说着，德龙打开帕当，取出装蜜的小桶，洒一点蜜在树叶上，又掏出一块巢脾，用线系在树枝上点燃，一股蜜甜蜜甜的蜂蜡香弥漫了树林。不一会儿，不知从哪儿钻出来的野蜂飞来了，落在叶子上吸起蜜来。吸饱了，就飞起来准备回家，孩子们刚要跟上去，忽然林中响起一片稀里哗啦声，好像巨大的东西正踩着树叶走来。它从树叶后露出脑袋，啊！一头大黑熊！它也闻到蜜香跑来了。

娥玛吓成一团，紧紧攥住德龙的胳膊。他们看见老熊毫不客气地抓过巢脾咔吧咔吧嚼起来。

"它妈没把它教育好，没礼貌的东西。我们不和它计较了，趁它没发现我们赶快撤吧。"德龙说，"娥玛，你不用和老熊握手告别吧？"这时娥玛吓得都快站不住了。德龙背起她，回头冲威拉说："机枪掩护！"孩子们就这样不声不响地逃走，把老熊远远地甩在身后了。

他们一口气跑到竹林里，并发现了一个小小的咸水窝子，周围踩着许多马鹿的蹄印。"若是在这儿下两个马鹿夹子，准能打到马鹿。"威拉嚷起来，别看他养蜂不在行，打猎可是有一套，这都是跟他阿达莫威练出来的。

德龙说："野蜂也会来这儿采盐巴的，我们可以追采水蜂，它的窝一定在附近。"

正说着，竹林里飞来一只老蜂来采水。吸饱了，它就朝竹林子里飞去。孩子们赶快追过去。追呀追，老蜂就不见了。孩子们四下寻找，忽然威拉叫起来，说他发现了一大撮黄色蜂粪。德龙和娥玛赶忙围过去，德龙用手轻轻一搓，又闻了闻，这哪是什么蜂粪，明明是锯末。怪啦！怎么会有锯末，德龙抬头一看，这正是一个松木电杆，它耸立在一块陡峭岩石上，地势险要，连接边境哨所和179军械库的银线穿过横担上的瓷瓶，伸向远方的密林。电杆中间标着编号：第109号。

德龙拨开杆下的草丛，发现电杆根部糊着一圈泥巴。扒掉泥巴，一个意外情景使三个孩子都愣住了：被泥糊住的电杆根部，有一道锯子咬过的深痕。只要轻轻一推，电杆就会倒在岩石底下，把电线扯成好几截。

这是怎么回事？要想破坏电杆，为什么不全锯断呢？一个大问号留在孩子们心里。

这时，忽然听到密林中有人走来。回头一看，竟是木萨德连长和杨排长，还有电话兵肖叔叔。他们恰好在野蜂箐边境巡逻来到这里。

三个孩子欢叫着扑过去，争抢着把发现的情况报告给木萨德连长。"我猜得到，敌人又是冲我们179来的。"木萨德连长的浓眉拧在了一起，"上级已得到准确情报，境外的敌特机关要在建军节那天，炸掉军械库。明天夜里，他们就要掩护一名特务把定时炸弹送入境。他们没锯断109号电杆，是因为还没到它断的时间。孩子们，你们的眼睛比钢刀还亮。不过，你们要记住，不要把这事告诉任何人。"木萨德连长又重新把被锯的地方糊好，他刚毅的目光闪烁着对敌斗争必胜的自信。

第三章　头蒙黑毯的人

109号电杆事件，在孩子们心里，活像活蹦乱跳的鲤鱼，好像一张嘴就要蹦出来。但他们只告诉了恩翁爷爷一个人。

第二天，他们又钻进野蜂箐找蜂窝。这次，他们带来纱罩和丝线，这样就能罩住蜂子，给它腰上系根线，蜂子就不会飞得太快了。

他们又来到竹林里的咸水窝，威拉选好地点，下了夹子，准备打马鹿。德龙和娥玛用纱罩网住了一只采水的老蜂，把一根丝线套在它肚子上。放开老蜂，它就拖着小白绸条飞起来，孩子们紧紧跟在后面。

孩子们追到一块大石缝前，找到了老蜂的窝，德龙点燃了野蒿子，把蜂子熏出来，威拉把它们安置到蜂桶里。野蜂嗡嗡地闹着，好像对新家很满意。孩子们费了这么多劲儿，总算收到第一窝野蜂。他们说笑着，继续前进。

突然，威拉发现在密林中有团黑影在晃动。孩子们立刻紧张起来，那是头黑熊吗？可仔细一看，好像是个头蒙黑毯的人，而不是老熊。在勐朗山寨，有了岁数的人钻林子，总喜欢把毯子蒙在头上，为的是遮挡露水。可眼前的这个人很奇怪，挺大的黑毯子从头顶蒙到腿弯，还贴在大龙果树上不知在干什么。

孩子们好奇地观察着。不一会儿，蒙黑毯的人沿着小径钻进了密林。孩子们赶到龙果树下，在树干上缠绕的树藤中，发现一根被砍断的银背藤，在树身盘了几圈，绾了个大死扣。德龙顺着藤条往上看，藤条穿过枝叶系在另一粗树权上，树权已被锯得快要断了，要不是被那根银背藤拉住，立刻就会倾倒下去，砸断下面横穿过去的电话线。好哇，这个坏蛋！锯了109号电杆，又来锯龙果树，他千方百计要破坏通往哨所的电话线。

德龙把这个意外的情况告诉了伙伴，三个孩子就朝林间小径追去，他们要抓住这个特务，看看他到底是谁。

披着黑毯的人在草丛里时隐时现，孩子们紧跟不舍。就在密得连野兔也难钻得过去的飞机草丛里，孩子们渐渐被甩下了。忽听前面草丛有脚步声，扑腾，扑腾，是蒙黑毯的人回来了吗？孩子们紧张得不敢喘气，准备着一场你死我活的搏斗。可是，脚步声停了，透过草缝，他们看见一头老黑熊正站在路口，东张西望。这该死的老熊，为什么总跟孩子们做对？

等了很久，也看不出老熊要离开的样子。蒙黑毯的人就要追不上了，孩子们心急如焚。最后，德龙决定自己把老熊引走，威拉和娥玛去追蒙黑毯的人。

德龙朝老熊射了两箭，老熊愤怒地朝德龙扑来。德龙一纵身，向丛林跑去。老熊发疯地追了下去。威拉和娥玛趁机冲出，直朝前方的灌木丛里跑去。他们追了好一阵，忽见蒙黑毯的人就蹲在前边不远的一棵树下，不慌不忙地挖着什么，老半天也不起来。

威拉沉不住气了。娥玛一把没拉住，他就朝那人冲了过去，他要看看这坏蛋到底是谁。

被威拉扯开的黑毯子里，露出一张苍老的脸，眼睛却像刀子似的放射着咄咄逼人的光芒。这正是勐朗山寨沉默孤僻的老队长卡布热，手里拿着刚挖出的灵芝草。

"卡布热老队长，龙果树山……"娥玛冒失地吐出这么一句，威拉猛一扯她的衣袖，她吓得立刻闭紧了嘴巴……

第四章　对手比眼镜蛇还凶

引着老熊德龙跑进树林，爬上一棵桂花树，老熊也摇晃着大脑壳，恶狠狠地往树上爬，它决心把德龙从树上揪下来。德龙攀上粗树杈，老熊也攀上来，眼看就要抓住德龙了，急得德龙直冒虚汗。这时他猛然看见大青树上垂下一根气根，他好不容易抓住气根荡过去，双腿夹住大青树的树杈。老熊气得火冒三丈，从桂花树上退下来，又爬大青树。它的爪子就要朝德龙胸前打来，德龙看见气根上挂着个蜂包，就把它砍了下去，蜂包正落到老熊扬起的傻脸上。蜂嗡一声炸了群，数不清的野蜂一下包围了老熊，奋不顾身地纷纷亮出毒刺，毫不留情地对着老熊狠蛰。老熊惨叫着，扑通一声摔下树，抱着头狼狈逃跑，野蜂紧追不舍。不一会儿，它们就消失在林子里了。

德龙爬下树去，两腿软得都站不住了，便索性躺下来，从裤兜里掏出个糯米团子来吃。吃完了，感到身上添了力气，就急忙往寨子里赶，为了把情况快点报告给朗帅支书，或者卡布热老队长。

德龙在夕阳的余晖中走着。猛然一惊，一个头蒙黑毯的人就走在前边，他不小心被荆棘挂住了毯子，回身来摘时，从毯子里露出一张凶脸。德龙认得，这正是勐朗山寨的铁银匠者飘。莫非爬上龙果树的就是者飘？德龙想弄个明白。他把头饰上的一个小银枪拉下来，想借口去修链子，试探着问问，听听他到箐里到底干什么去了。

德龙抄近路先上了者飘的矮脚竹楼。竹楼里渐渐昏暗起来，山风摇着枝叶，婆娑起舞。德龙坐在火塘边，突然啪的一声，从窗口飞进一支竹箭，扎在离德龙不远的房柱上。德龙一惊，拔下箭一看，发现了箭柄上捆的小纸卷。德龙立刻离开竹楼，揣着竹箭，跑到朗帅支书家。把纸卷交给了朗帅，并详细汇报了前前后后整个情况。支书打开纸卷，见上面写着两行小字：龙果树被发现，今夜不能去砍。

多狡猾的敌人，他们发觉我们已在龙果树下布置了包围圈，就改变了原来的计划。

夜笼罩着边境，孩子们在窝棚里讲着白天的惊险遭遇。恩翁爷爷在自己的竹楼里唱着一支古老而忧伤的哈尼民歌。

谈来谈去，孩子们又谈起了木萨德连长说的今晚的战斗，敌人不是要通过一场混乱把炸弹护送入境吗？我们的大军已经做好了准备，怎么到现在还不见枪声响起？

孩子们心里比谁都急。一商量，决定马上去林子里看看情况。但不能惊动恩翁爷爷，孩子们怕他年老，在林子里摔了跤。可也不能不告诉他，让他担心呀。最后，孩子们决定把那只打死的蜜狗插上三支箭，挂到竹楼门前，爷爷就会懂得他们有紧急情况出去了。

三个人离开蜂场，扑进黑暗的老林。林中静悄悄的，看不见有人埋伏。突然，一只大手有力地按住了德龙的肩膀，回头一看，是木萨德连长和肖叔叔。他告诉孩子们别出声，静静地埋伏在龙果树周围。

夜深了，一个蒙着黑毯的幽灵来到龙果树下，举刀就砍银背藤。藤断了，树却没断。就在这一瞬，战士们跳出来，活捉了这个家伙。揭毯一看，是者飘！他还不知道他们的计划变了呢。

木萨德连长派肖叔叔和民兵维西农，连同孩子们一起押者飘回寨，准备审问。者飘被关在粮仓里。但边境上的枪声，直到天亮也没响……

黎明，木萨德和朗帅支书披着露水回来，打开粮仓，发现者飘已僵死，一条黑色眼镜蛇从他裤子里慢悠悠地钻了出来。

第五章　夜遇水怪

几天来，边境上一点动静也没有。

这天晚上，恩翁爷爷给孩子们做了美味的蒸团鱼。吃过晚饭，大家就去睡了。德龙翻来覆去睡不着，想着这几天发生的事。敌人为什么改变了送炸弹的计划呢？越来越多的问题搅得他脑袋都迷糊了。蜂场上的蛤蟆咕呱咕呱叫个没完，它们总来偷吃巢门前的工蜂。南面那片的蜂房已让他们垫高了，蛤蟆吃不着。可北面的还没来得及垫。一想到这儿，德龙躺不住了，他叫醒威拉，两个人朝北坡蜂箱走去。想不到娥玛也出来了，她也没睡着。三个孩子一起去箐河捡鹅卵石。

夜风阴冷阴冷的，惨白的星光模模糊糊照亮对岸。突然，水哗啦一响，惊得孩子们停下脚步：一条老鳄鱼从水里钻出来，向岸上爬去。孩子们吓得缩成一团，刚想转身偷偷返回来，竟看见那鳄鱼在岸上站起来，用两只脚向密林走去。这让人心惊肉跳的景象吓呆了孩子们。鳄鱼什么时候学会用两只脚走路了？是水怪吧？

德龙死盯着那渐渐消失在老林里的鳄鱼。"我看它生下不久就学会用两条腿走路了。它不是老鳄鱼，是披着鳄鱼皮的人！"

这个结论让威拉和娥玛吓了一跳。但仔细一看，果真更像人。那么他到底是谁？要干什么？德龙和威拉决定跟上去，同时派娥玛赶快回去报信。娥玛哭起来，她知道跟踪老鳄鱼实在太危险，但两个朋友好歹劝走了她，就悄悄跟在了鳄鱼后面。

老鳄鱼钻进丛林，在一棵红椿树下蹲下来，埋着什么。埋好后又急忙朝前走去。它在树下生蛋了吗？德龙和威拉迅速摸过去，扒开刨松的泥土，发现了三枚铁蛋子和一个小表，德龙认得，这正是三枚定时炸弹。

决不能让炸弹再落敌手。德龙让威拉带着炸弹藏到树上，一会儿准有人来取。但他千万不能下来，一定要保住炸弹，天塌下来，也不能下来。而德龙自己，则继续跟着老鳄鱼钻进了密林。

一团一团的云在夜空中飘过，林子里时明时暗，威拉在树上等得心焦。正在这时，树丛里传来窸窣的脚步声。一个黑影来到树下，刨起土来，一阵乌云飘来，林子很暗。尽管威拉瞪大眼珠子，也看不清来人是谁。他真想跳下去，却又想起了怀里的炸弹，红椿树下脚步声又响了，那个人很快消失在林子里。威拉又恼又恨，他要爬下树，去追那个取炸弹的家伙……

再说德龙紧跟着老鳄鱼走在密林里。走着，走着，突然，他被绊倒了，惊飞一只大鸟。老鳄鱼猛地停下，朝这边走了过来，可是忽然又止住脚步，转身走开了。德龙的心擂鼓般鸣响着，他轻拨开灌木枝，看见老鳄鱼真走了，鳞质的背脊在树丛间一摇一晃。德龙直起腰，忽然耳后扑来一阵阴风。回头一看，是一张灰色狰狞的面孔，一道刀疤斜劈了满脸，他用铁钳般的大手掐住了德龙的脖子……

娥玛与德龙和威拉分手后，像受了惊的麂子似的跑回家，把这一切都报告了爷爷。爷爷摘下马灯，派娥玛去找朗帅支书，自己则要先赶到林子里去救德龙和威拉……

娥玛沿着崎岖的山路拼命跑，就在她已看到勐朗山寨时，被一块大石绊倒，连人带灯滚下山坡，昏了过去。

第六章　明枪暗箭紧相逼

一阵阵山风吹醒了娥玛，可她的右腿跌伤了，无法站起来。情况这样紧急，小娥玛该怎么办？忽然，她盯住了那盏马灯，灯油洒得到处都是。娥玛费劲儿地抓来一些干枝，扔到灯油上点燃，一堆大火借着夜风熊熊烧了起来。"火呀，你再旺点，快让寨子里的乡亲都看到你！"

山寨里的一幢竹楼里，油灯一直燃着。朗帅支书正和木萨德连长一起分析敌情。桌上电话响起来："哨所巡逻兵发现一小时前，有人披着鳄鱼皮从流向境外的箐河潜入境内。"

正在这时，莫威大叔推门进来："蜂场方向发现火光！"

木萨德连长、朗帅支书带领民兵立刻出发。在起火的岩石下发现了娥玛。娥玛抽泣着把事情前后说了一遍。木萨德连长立刻带领民兵朝黑黝黝的野蜂箐密林前进……

疤脸汉子狞笑着，把刀在德龙眼前晃来晃去。原来他脱下鳄鱼皮，挂在树枝上，从背后袭击了德龙。"你这找死的瘟猪！你为什么跟踪我？""我看见你送炸弹呀。你把它埋在红椿树下，一共三颗。你要炸倒红椿树吗？可我把它挖出来了。"德龙像跟老熟人聊天似的说。

刀疤脸气疯了。他揪起德龙就要带他到红椿树下去验证。德龙可有点担心了：威拉可千万别下来救我呀，要不炸弹就落到敌人手里了。

就在威拉正要爬下树时，树下又传来脚步声。他拨开树枝一看，啊?!惊得他浑身一哆嗦：迎着树走来的是倒绑着两臂的德龙，嘴里塞着头帕，另一个人则扑在树下猛刨起来。

德龙朝树上看着，他真想告诉威拉，无论发生了什么，他也不能下来呀。他担心透了。就在这时，暗中有一支毒箭对准了德龙的后心。威拉躲在树上，他想瞅准机会跳到刨土那人的背上，忽见德龙朝林子跑起来。威拉险些跳下去，刀疤脸猛追德龙，跑不多远德龙就被揪住了。威拉心痛地看见德龙被带走了。好半天，他才想起去救。他从衣服上撕下一条布，把炸弹牢牢绑在树上，从树上跳下来，没等他站稳，一只大手就抓住了他的肩。他回头一看，竟是卡布热老队长那张毫无表情的干瘪的脸。

这时候，德龙已带着疤脸汉子钻进了老林深处。他骗刀疤脸说他把炸弹藏在竹林子里了。游云遮住了星月，大地一片漆黑。德龙仔细辨认着道路，领着刀疤脸绕到了竹林里的咸水窝。突然，刀疤脸惨叫一声，只听嘎啦啦一阵巨响，竹叶横飞，疤脸汉子被一根粗竹子高高倒吊起来，坠在空中，原来他踩上了威拉下的马鹿夹子。德龙甭提多高兴了，虽说没打着马鹿，却也立了大功，德龙用反绑的手捡起汉子掉在草旦的尖刀，割断绳子，拽出堵在嘴里的头帕。汉子被倒吊着，在竹枝上挣扎着，不一会儿，嘴角便淌出白沫子，昏迷过去。

德龙一时没了主意。猛听身后灌木丛里呼啦啦乱响，扭头一看，正是猎装打扮的民兵维西农。德龙连忙扑上去，述说了今晚的事儿，还告诉他威拉拿着炸弹藏在红椿树下。维西农夸奖了他们一番，就让德龙回村报信，他守着老坏蛋。德龙高兴地转身离开，就在这刹那间，维西农举起刀子直冲德龙后心扎去……

林子里突然砰地响起一声明火枪，紧接着黑暗中传来一阵阵杂乱的脚步声，仿佛有很多人朝响枪的地方奔拢来。

响枪的地方正是倒吊着疤脸汉子的竹林。当维西农正要对准德龙后心刺去时，恩翁爷爷突然闯出来。维西农一见忙收了手。德龙朝爷爷扑过去，爷爷的老泪滴到德龙的脸蛋上，恩翁爷爷说，林子里有好多人在找德龙呢，他举起手中明火枪，朝天放了一枪，报告大家德龙找到了。很快，德龙惊奇地看见木萨德连长、卡布热老队长、朗帅支书、威拉等许多人都跑来了。他们点燃了火把，把刀疤脸押回寨子里。

第七章　无声的牛铃

刀疤脸已被木萨德连长押到团部去了。孩子们又回到蜂场，娥玛的腿也好了。这些天，孩子们又收了好几窝野蜂。

建军节就要到了。三个孩子忙得更欢了，这天早晨，当威拉去北坡喂蜂时，发现一群蜂子正撕咬成一团。威拉挥动布衫去拉架，群蜂立刻向威拉扑来，在威拉的脸上、胳膊上猛蜇，痛得威拉大叫起来，一下撞翻了小蜜桶。霎时，有更多的蜜蜂从四面八方飞来，有的叮在蜂蜜上，有的乱打一阵。德龙闻声跑来，把威拉扑倒在地，一时间，他只觉得自己的脸上、鼻子上、眼皮上都叫蜂子蜇得针扎火燎。幸好恩翁爷爷和娥玛提着水桶跑来，喷散了蜂群。再一看德龙和威拉，被蜇得鼻青眼肿。威拉看着满地的死蜂，心疼得哭起来。德龙却像傻了似的，呆站着不动。他心里想，蜂子为什么打起来呢？他记得这里似乎有七个蜂箱，怎么变成六个了呢？蜂子是不是找不到自己的家才打的呢？

恩翁爷爷把德龙和威拉拉回窝棚，帮他俩挤出蜇针，又背起竹篓去箐里找山乌龟，要熬些药给他们消肿，告诉娥玛看着他俩别动。

爷爷走了，孩子们呆得无聊，觉得还不如自己去挖山乌龟，免得爷爷多受累，一商量好，大家就进了箐里。走了一会儿，就听见不远处的丛林里有吹麂角的呼呼声。威拉说这是猎人在打麂子。他们继续朝前走，草丛里突然钻出一头大黄牛来，慢悠悠地啃着草。脖子上系着个显眼的大铜铃铛，雕刻着美丽的花纹。但奇怪的是那铃铛一点响声也没有，好像里面塞着什么。孩子们好奇极了，要抓住牛看个究竟。这时，麂角的声音又传了过来，还隐约夹进一个不知是什么东西发出的尖锐声响。大黄牛突然奔跑起来，孩子们紧追在后面。可两条腿哪能跑过四只蹄呢？大黄牛渐渐甩掉了孩子们。

孩子们还是紧追不舍，突然发现大黄牛被密密麻麻的藤条绊住了。一个人正抓住牛角，把手伸进牛铃里。啊？是维西农大哥！

孩子们跑过去，看见牛铃里只塞着点草，维西农的手里也攥着一把草。这好像是头境外人养的牛，维西农主张放回去，孩子们却坚持先带回寨子里弄清楚。这时，他们发现牛脚都被藤条缠得死死的，动不了窝。大家七手八脚解开藤条，决定让威拉和娥玛回蜂场，德龙和维西农去寨里送牛，于是，大家分头行动起来。维西农和德龙朝回寨子的路走去，维西农趁德龙不注意，拔出刀在大牛的屁股上猛扎了一下，大黄牛疯了一样，甩开德龙向林子里冲去⋯⋯

第八章　木刻上拴着红辣椒

明天就是1962年的建军节了。恩翁爷爷带着娥玛和威拉去集里买封蜜用的蜡，留德龙看守蜂场。德龙喂完了蜂，就去查看蜂箱。他还在想着昨天蜂子打架的事。那天夜里，抓住了刀疤脸，德龙把所有的经历都仔仔细细讲给了阿达和朗帅支书听。阿达说："战斗没有结束！又一次交锋开始了！"难道真的是战斗就要开始了吗？德龙思索着，来到北坡。当他数着蜂箱时，惊奇地发现是七个，可昨天清清楚楚数的是六个，是谁导演了这场蜂战呢？忽然，身后传来一阵轻微的脚步声，德龙回头一看，原来是卡布热老队长走进了蜂场⋯⋯

去集市的途中，有棵大榕树。去的或回来的人常在树下歇脚，他们把装食物的帕当挂在树杈上，这样赶起集来就轻便多了。

恩翁爷爷和孩子们来到树下时，树上已挂了好多帕当。他们也坐到树下，开始吃帕当里的食物。这时从山路上走来威拉的阿达莫威大叔和维西农，他们要到集里买猎山猪的火药。维西农把一个颜色与众不同的帕当挂在树上，和恩翁他们打过招呼就去了集上。

吃完饭，爷爷带着娥玛和威拉挤进了热闹的嘎洛街，那里什么东西都卖，一时看花了孩子们的眼。忽然，他们发现恩翁爷爷被挤丢了，急得两个孩子乱成一团，又朝大榕树下跑去。远远地就看见爷爷在树下冲他们招手。威拉和娥玛笑着扑过去，爷爷的样子非常严肃，他说要交给他俩一个紧急任务，赶快把一个系着三个红辣椒的竹片交给179军械库。孩子们来不及问发生了什么事，就朝离此不远的军械库跑去，把竹片交给了木萨德连长和朗帅支书。木萨德连长立刻带着杨排长出发了，孩子们和朗帅支书也随后赶到。朗帅支书说只有遇到天大的事时才能使用这种拴着红辣椒的木刻，孩子们听了，心吓得咚咚直跳。

原来是，恩翁爷爷找不到孩子们就马上回到榕树下，这时他看见有个人正在往维西农的帕当里塞什么东西，见老恩翁过来，就匆匆跑掉了。恩翁爷爷马上报告了这个情况，他们在维西农的帕当里发现了几枚炸弹。维西农被抓住了。

晚上，恩翁爷爷和孩子们在灯下灌了20竹筒的蜂蜜，用蜡严严实实地封好，准备明天献给179军械库的大军们。望着那排封得亮光光的竹筒，孩子们心里乐开了花，这是他们辛勤劳动的成果呀。

夜里，德龙不小心点着了他们的草棚，只好和威拉睡到恩翁爷爷的竹楼里。他心里想着事，久久不能入睡，他的眼前一直晃动着卡布热老队长那布满蛛网般皱纹的脸……

就在这时，竹楼外一个头蒙黑毯的瘦高人影，悄悄摸到了恩翁爷爷的竹楼下……

第九章　节日的序曲

沉睡的老林终于被箐鸡的啼叫唤醒了。孩子们一大早就起来了，做好了去慰问大军的准备。大家抢着背蜜桶，只给恩翁爷爷剩下六根背在竹篓里。走出10多步远，恩翁爷爷忽然叫起来，他忘了把火塘里的火捂好。他连竹篓也忘了放下，就匆匆转身回竹楼。不多一会儿，他钻出竹楼，追上了孩子们。

金色的小蜜蜂欢唱着，在路边的花丛中飞来飞去。忽然，德龙注意到一只小蜂飞呀飞呀，落到恩翁爷爷的竹筒上，那竹筒四周光滑的蜡皮上出现几丝裂痕，裂痕中流出一点亮晶晶的蜂蜜。德龙的脸唰地白了，难道竹筒里放进了东西？但德龙什么也没说，只悄悄观察着。

赶到军械库，已有许多乡亲们都赶来了，他们给大军送来了各种慰问品。大家喝酒庆祝，恩翁爷爷还起开一筒蜜让大家品尝。这时，木萨德连长跳上一块大石头，代表全体战士向乡亲们表示感谢，并宣布破获了蒋匪特务企图炸掉军械库的阴谋。在乡亲们的欢呼声中，维西农被带上来，他颤抖着老老实实承认了自己的罪行。他的确是敌特机关指派的炸弹接应员，企图在建军节这天炸掉179军械库，是他被秘密指使放毒蛇咬死了者飘。然后他又得到秘密指示，接应一条大黄牛入境，炸弹就藏在牛铃里，但他在牛铃里没有发现炸弹。紧接着，他又得到指示，让他带上事先准备好的帕当去嘎洛街接应，但他的行动被恩翁爷爷发现了……

"骗局！"木萨德连长突然大叫一声，"这完全是场骗局。维西农，你一直被蒙在鼓里还不知道呢。带牛！"

维西农被弄糊涂了，这时他看见被他扎跑的大黄牛被牵来了。"这是境外特殊训练的大牛。维西农，吹起你的麂子角。"木萨德连长说着，扬鞭打跑了大黄牛，维西农开始使劲儿地吹麂角，但怎样吹，牛也不回来。暗中指使维西农的人曾告诉他，一吹麂角牛就会跑来，可现在……维西农瘫坐在地，这时他才知道他被暗中指使的人给出卖了。这个暗中指使者企图通过出卖维西农，好转移大家的注意力，以达到炸毁军械库的目的。"现在，这颗炸弹就塞在盛蜜的筒里! 10点钟就要爆炸了。"电话兵肖伦手举着一颗粘满蜂蜜的黑色定时炸弹走了出来。

人们的目光一齐投向了恩翁爷爷，娥玛的脑袋嗡地炸开了，她颤抖着摇着爷爷的胳膊，心里一个劲儿地说："这不可能! 这不可能!"

"恩翁，快吹竹哨把大黄牛叫回来吧!"木萨德连长说着从恩翁的包头里扯出一把竹哨，吹起来，这正是孩子们在箐里听到的声音，不多时，大黄牛就乖乖跑回来了。铁的事实已无法抵赖，卡布热老队长扭住恩翁，把他捆了起来。

威拉和娥玛无法相信这一切。慈祥可亲的爷爷怎么一下子变成了可怕的敌人，娥玛痛苦极了。这个谜还是由朗帅支书揭开的：娥玛并不是恩翁的亲孙女，她是恩翁弄来的孤儿，为了骗取乡民的信任而把她抚养大的。他受过敌特的专门培训，这次炸掉179的计划就是主要派他来完成的。自从109号电杆下设埋伏的计划被发现后，木萨德连长和卡布热老队长就开始注意恩翁了。因为那件事孩子们只告诉了他，紧接着，孩子们又不自觉地把龙果树的情报给了他，他用竹箭给了者飘密信（却没想到信落到了德龙手里)，他又暗中指使维西农放蛇杀了者飘，当夜，孩子们插着竹箭的蜜狗第三次向恩翁透露了情报，他马上用藏在蜂场里的微型收发报机向境外报告了情况，因此敌人改变了第一次送炸弹的计划。这一切都没逃出一双鹰似的眼睛，他就是一直被威拉怀疑的卡布热老队长。蜂战也是由恩翁一手安排的，他企图用蜂蜇使孩子们待在家里，他一个人不是去挖土乌龟，而是去引来黄牛接应炸弹，为了给人造成错觉，他又演出了木刻红辣椒那一场，想麻痹我们。但我们早注意了他的一举一动。建军节前一天夜里，卡布热老队长和杨排长就悄悄守住了竹楼，没想到机灵的德龙却故意点燃了窝棚，和他睡在了一起。因为赶集那天，卡布热老队长把蜂战的秘密悄悄告诉了德龙。德龙和威拉睡在身边，老家伙一夜没敢动。第二天早晨他借口捂火，悄悄把炸弹装进了蜜筒，这一切都被杨排长和卡布热队长看得清清楚楚。这个披着羊皮的狼，无论怎样狡猾也没逃过人民的眼睛。但破获敌人的阴谋，更该归功三个孩子，他们有着蜜蜂一样的勇敢、勤劳、智慧的品格。

（孙淇　缩写）